캠핑페인

캠핑폐인

1판 1쇄 인쇄 2010년 4월 25일
1판 1쇄 발행 2010년 4월 30일

지은이 김산환 | 펴낸이 박혜숙 | 펴낸곳 미래M&B
책임편집 황인석 | 편집 유승재 | 디자인 박세정, 정미소
영업관리 장동환, 이도영, 김대성, 김하연 | 제작 남상원
등록 1993년 1월 8일(제10-772호) | 주소 서울시 마포구 서교동 368-22 서문빌딩 4층
전화 (02) 562-1800(대표) | 팩스 (02) 562-1885(대표)
전자우편 mirae@miraemnb.com | 홈페이지 www.miraeinbooks.com

ISBN 978-89-8394-592-1 (03810)

값 13,000원

* 잘못 만들어진 책은 바꾸어 드립니다.
* 미래인은 미래M&B가 만든 단행본 브랜드입니다.

캠핑폐인

김산환 포토에세이

남자의 야생본능을 깨우는 캠핑 판타지

미래인

오늘은 그대의 영토에서 쉬어라

여기는 그대의 제국, 그대의 영토
세상에서 늘 이방인이었던 그대가 꿈꾸던
지상의 작은 안식처

삶이라는 승냥이가 물고 할퀴어
가을걷이 끝낸 들녘처럼 황폐해진 그대여
눈물을 거둬라
그대의 영토에서 쉬어라

그대가 이룩한 영토에 번지는 랜턴의 불빛이
지친 그대의 영혼을 따뜻하게 비출 것이다
나뭇가지를 살랑거리는 미풍이
세상사에 부딪혀 깨지고 찢어진

그대의 상처를 어루만져줄 것이다
먼먼 새벽하늘을 흘러가는 별들이
잃어버린 그대의 꿈을 닦아 다시 빛나게 할 것이다

주눅 들지 마라
이곳의 주인은 그대다
이 작은 세상은 그대가 꿈꾸는 대로 이뤄진다
숲속 가득 들어찬 어둠이
울타리가 되어
장벽이 되어
세상사의 거친 파도를 막아줄 테니

눈물을 거둬라
마음의 짐을 내려놔라
티끌만 한 연민도 버려라

그대의 걱정은 그대만의 것일 뿐
세상은 그대 없이도 잘 굴러간다
그대가 세상에서 일탈한 지금 이 순간에도
초침과 분침이 꼭 맞는 시계처럼
그들만의 리그는 톱니가 맞아 돌아가고 있나니
그대 또한 영문도 모른 채 줄지어 걷던
틀에 박힌 인생들의 끝없는 행렬에서 일탈한 즐거움에 취하라

이곳에서는
그대가 만든 작은 영토에서는
세상 일이 물처럼 흘러가게 내버려둬라
바람처럼 스쳐가게 내버려둬라
별처럼 제 갈 길 가게 내버려둬라
세상의 모든 것이 제멋대로 굴러가게 내버려둬라
그대 자신도 풍경이 되어
풍경에 들어앉아 바라만 보라

지친 그대여

오늘은 한 마리 작은 새처럼 쉬어라

그대의 영혼에

숲이 강이 바람이 별이 스며들 수 있게

오늘은

오늘 하루만은 그대에게 자연을 허락하라

차례

여름 ——

가을 —

겨울 ——

겨울이 가고 봄이 왔다.

베란다 한켠에 처박아두었던 배낭을 꺼냈다.

배낭 안에는 산에 미쳐 살던 시절부터 함께했던 낡은 캠핑 장비가 들어 있었다.

녹이 슨 스토브와 우그러진 코펠,

희미한 불빛으로 존재감을 표하는 헤드랜턴,

무명치마처럼 빛이 바랜 텐트.

그것들을 꺼내 봄 햇살에 쬐여가며 하나씩 닦아주었다.

이것들이 앞으로 내 인생의 2막을 함께할 것이다.

봄

낡은 캠핑 장비를 꺼내며

서른 중반까지 나에게 가족은 없었다. 법적으로는 아내와 아이가 있었다. 하지만 그들이 내 인생에 끼어들 여지는 많지 않았다. 물론 나는 돈을 벌어왔고, 주말이면 유모차를 끌고 놀이공원을 다녔다. 처갓집도 문턱이 닳도록 드나들었다. 그러나 내 속에는 나만 있었다. 나의 꿈은 언제나 세상을 여행하는 것이었다. 내 속에는 가보지 못한 세상에 대한 그리움만 가득 차 있었다.

2004년 1월. 겨울비가 추적추적 내리는 캐나다 밴쿠버 공항에서 아내와 아들에게 작별 인사를 했다. 그들은 한국으로 돌아가는 중이었다. 밴쿠버에 나만 홀로 남겨졌다. 섭섭한 마음이 없었다면 거짓말이다. 그러나 내 안의 어떤 욕망이 가족과 이별하는 애틋한 마음을 딛고 끓어오르기 시작했다. 그것은 세상의 끝까지 가보겠다는 여행에 대한 로망이었다. 나는 공항을 나오면서 다짐했다.

"여행을 할 거야.
북극까지 가고 말 거야.
열사의 사막에서 잠들 거야."

나는 그렇게 했다. 나에게 주어진 1년이란 시간을 남김없이 나를 위해 썼다. 알래스카의 빙하를 누비고 다녔고, 길이 끝나는 북극의 얼음나라까지 갔다. 카우보이들이 총질하던 서부의 황야에서 선인장 그늘 아래 잠들었다. 600년 전 연기처럼 사라진 마야문명을 찾아 멕시코와 과테말라의 정글을 누볐다.

기나긴 여행의 끝은 쿠바였다. 카리브 해의 낭만이 물씬한 살사와 재즈의 고향 아바나. 그곳이 내 여행의 종착역이었다. 그러나 기쁘지 않았다. 여행자라면 누구나 한번쯤 꿈꾸는 미지의 나라에 왔지만 내 가슴에는 구멍만이 휑하니 뚫려 있었다. 나는 아바나의 거리에서 무장해제 당한 군인처럼 서 있기도 했고, 실성한 사람처럼 목적지도 없이 거닐었다. 나는 내 속의 모든 열정이 탕진됐고, 내 몸은 카메라 셔터를 누를 힘조차 없다는 것을 알았다. 세상의 끝까지 떠돌고 싶던 욕망이 재도 없이 사그라졌다. 더는 가고 싶은 곳도, 하고 싶은 것도 없었다. 나의 몸과 마음은 미라처럼 바싹 말라 있었다.

여행은 나를 병들게 했다. 나를 황폐화시켰다. 사람들은 일탈을 위해 여행을 꿈꾼다. 하지만 나에게 여행은 직업이었다. 반복되는 여행은 일상이 되었을 뿐, 나를 흥분시키지 못했다. 네팔 카트만두에서 맞았던 생애 첫 해외여행의 설렘과 흥분을 더 이상 느끼지 못했다. 나는 그저 원고를 팔아먹을 곳을 찾아 떠도는 감정 없는 여행 생활자가 돼 있었던 것이다.

나는 울었다. 눈부시게 파란 하늘이 내려앉은 아바나의 거리를 정처 없이 걸으며 흐르는 눈물을 주체치 못했다. 해진 샌들 위로 눈물이 떨어지는 것을 알면서도 그것을 훔칠 마음이 일지 않았다. 나는 지금 어디를 걷는 것일까. 왜 이 낯선 나라에서 울고 있는 것일까. 더 이상 어디를 가야 한다는 말인가.

그렇게 얼마를 걸었을까. 어디선가 나를 부르는 소리가 들렸다. 고개를 돌렸다. 아무도 없었다. 소리는 내 안에서 난 것이었다. 나는 그 소리의 주인이 누구인지 알 것 같았다. 한창 말문이 트일 때 떠나보낸 아들의 목소리였다. 그 아이가 해맑은 목소리로 "아빠" 하고 부르는 것이었다. 그 순간 미치도록 가족이 그리웠다. 지구 반대편에서 들개처럼 떠돌고 있는 사내를 기다리고 있을 아이와 아내에 대한 미안함에 다시 설움이 복받쳤다. 그제야 깨달았다. 이제 돌아갈 시간이 된 것이다. 젊은 날의 방황을 접을 때가 된 것이다. 그날 밤 미련 없이 짐을 쌌다. 제 안에 끓는 욕망만을 좇아 살던 젊은 날의 나를 아바나에 두고 서울로 돌아왔다.

겨울이 가고 봄이 왔다. 베란다 한켠에 처박아두었던 배낭을 꺼냈다. 배낭 안에는 산에 미쳐 살던 시절부터 함께했던 낡은 캠핑 장비가 들어 있었다. 녹이 슨 스토브와 우그러진 코펠, 희미한 불빛으로 존재감을 표하는 헤드랜턴, 무명치마처럼 빛이 바랜 텐트. 그것들을 꺼내 봄 햇살에 쬐여가며 하나씩 닦아주었다. 이것들이 앞으로 내 인생의 2막을 함께할 것이다.

강물 곁에 눕다

해마다 3월이 오면 강의 숨결이 그리워진다. 메마른 겨울을 나면서 야윌 대로 야윈 강물의 숨소리가 듣고 싶어진다. 다시 봄이 왔다고, 강줄기가 이 땅의 튼실한 동맥이 되어 다시 힘찬 맥박을 뛰고 있다고 웅변하는 그 모습이 보고 싶어진다.

3월의 강은 숨결이 가늘다. 특히, 섬진강은 더욱 그렇다. 한강이나 낙동강처럼 큰 줄기가 아니라서 제 몸에 싣고 가는 강물도 적다. 때로 실개천이라 불러도 항변할 도리가 없을 정도로 가늘게 흐르기도 한다. 야윈 몸통을 드러낸 강물이 이리저리 몸을 뒤척이며 흐르는 모습은 얼핏 서럽다. 좋은 시절 다 보내고 쭈그렁 늙은 노인처럼 앙상한 물줄기가 힘없이 이어진다. 그러나 강은 멈추는 법이 없다. 바다로 흘러가는 일은 강의 사명. 제아무리 힘겨워도 그 일을 멈출 수는 없다. 바다로 향하는 걸음을 멈추는 순간, 강으로서의 존재도 사라진다.

봄날의 섬진강은 그저 강이 아니다. 봄을 부르는 봄의 전령사다. 이 땅의 봄은 섬진강을 타고 온다. 섬진강에서 피워 올린 매화가 산수유에게, 다시 벚꽃에게 바통을 넘기면서 봄이 깊도록 끝나지 않을 꽃 이야기를 만들어낸다. 어질어질한 햇살이 머무는 강마을, 그곳에 피어나는 꽃들과 봄을 불러오는 강줄기를 따라 하릴없이 남도행을 택한 사람들. 섬진강의 봄은 그렇게 꽃과 사람이 술래잡기를 하듯이 서로를 찾으려고 안달을 한다.

이맘때면, 광양시 다압면 매화마을에 매화가 팝콘 터지듯 꽃망울을 터뜨릴 때면 섬진강변에 아주 작은 집 하나를 짓는다. 고르고 아늑한 터가 많아도 소용없다. 강물 곁으로 더 다가가야 한다. 겨울가뭄이 깊어, 강물이 앙상해질 때는 더욱 그렇다. 강물의 숨소리를 들으며 잠들고 싶어진다. 그렁그렁한 강물의 숨소리를 들으며 강도 사람처럼 고단한 한 시절을 견디고 있다는 것을, 강도 누군가에게 따뜻한 위로를 받고 싶다는 것을 느끼고 싶다.

섬진강에 물을 보태는 보성강. 그 강가에 작은 캠핑장이 있다. 강이 그리울 때면 즐겨 찾는 곳이다. 특히, 섬진강의 꽃소식이 들릴 때면 주저할 것도 없이 이곳이 목적지가 된다. 이 캠핑장은 강물이 넉넉하게 휘감아 도는 품에 소나무가 웃자라 있다. 춘양목이나 안면송처럼 궁궐의 들보로 쓸 만한 소나무는 아니다. 철없이 몸을 배배 꼬는 것처럼 뒤틀린 모습 일색이다. 그 솔숲에 봄부터 사람들이 찾기 시작한다.

이 캠핑장에서 만나는 섬진강은 아주 초라하다. 징검다리를 놓고 건너도 좋을 만큼 폭이 좁다. 그러나 이 물줄기가 흘러 압록에서 섬진강

본류와 만나면 덩치가 제법 실해진다. 다시 구례를 지나며 지리산에서 흘러내린 골물이 보태지면 제법 강다운 모습이 된다. 강은 하류로 갈수록, 지리산과 백운산의 골물이 보태질수록 더욱 튼실해져, 하동군 악양면을 지날 때면 드넓은 모래톱이 형성된다. 강에는 재첩을 잡는 배들이 오가고, 강 건너 매화가 지천인 다압면도 아스라하게 멀어진다. 비로소 강이 된 것이다.

봄날의 섬진강이 그리워지기 시작한 것은 십 년쯤 전이다. 노래하는 H형과 사진 찍는 Y형, 그리고 나, 셋이 의기투합해 섬진강으로 봄맞이 여행을 떠났다. 섬진강에서의 첫날, 우리가 쉴 만한 터를 마련한 곳은 피아골이 마주 보이는 건너편 강변이었다. 당시만 해도 19번 국도의 강 건너에는 차량 통행이 뜸했다. 원하기만 하면 어디라도 텐트를 치고 섬진강을 다 품을 수 있던 시절이었다.

밤이 이슥해져 강 건너의 길도 조용해졌다. 잠을 청했지만 좀처럼 잠을 이룰 수 없었다. 강물이 머리맡에 다가와 속삭이는 소리가 정겨웠다. 자지 말라고, 오늘은 나와 함께 도란도란 이야기를 나누자고, 강물은 귓속말로 속삭였다. 그러니까, 지난겨울 내내 아무도 찾지 않았다고, 조금은 쓸쓸하고 서러웠다고, 너무 가물어 그만 다 말라버릴 것 같았다고 투정하는 강물을 모른 체할 수 없었다.

강물의 속삭임에 마음을 끌린 것은 나만이 아니었다. H형과 Y형도 강물 소리에 마음을 준 채 잠을 이루지 못했다. 그러다 더는 견디지 못하고 H형이 텐트 밖으로 나갔다. Y형과 내가 뒤를 따랐다. 우리는 강가의 돌밭에 매트리스를 펼치고 누워 턱을 고인 채 강물을 바라봤다.

지리산을 넘어온 하현달이 강물의 야윈 몸통을 비췄다. 강물이 몸을 뒤집을 때마다 허연 비늘이 번쩍거렸다. 물속에서는 강물을 거슬러온 황어가 느닷없이 펄쩍거리며 봄이 강의 깊은 곳으로도 흐르고 있다는 것을 일러줬다. 가끔 서치라이트 불빛처럼 자동차 불빛이 강을 훑고 지날 때면 강물은 황급히 어둠 속으로 몸을 숨겼다. 자동차가 어둠 속으로 사라질 때까지 숨죽여 있던 강물은 한참이 지나서야 소리를 내기 시작했다. 곁에 벗이 있어 좋다는 듯, 재잘재잘 소리를 내며 흘러갔다. 우리들은 침낭으로 몸을 돌돌 말고 누운 채 밤늦도록 강물이 연주하는 봄의 노래를 들었다.

해마다 봄이 온다. 사람들은 몸단장을 하고 섬진강으로 향한다. 꽃 마중을 간다. 매화가 산수유에게, 다시 벚꽃에게 바통을 넘겨주며 벌이는 봄날의 꽃 잔치. 섬진강의 꽃놀이는 이른 봄에 시작해 화개 골짜기를 따라 펼쳐진 차밭에 새순이 돋는 곡우까지 이어진다. 그리고 잠시 숨을 고르다 초록이 깊어지는 오월쯤 붉은 피를 토하듯 세석의 철쭉으로 만개한다. 일 년의 절반을 꽃으로 사는 곳, 그게 섬진강이다. 그곳에 작은 집 하나 짓는 일, 봄 마중을 가는 일이다.

꿈꾸는 봄

나에게는 아들이 있다. 밤마다 티라노사우루스와 함께 여행을 떠나는 아들이 있다. 녀석의 꿈은 공룡이 부활하는 것. 그리고 그 공룡과 함께 친구가 되어 더불어 사는 것이다.

아들을 위해 길을 나선다. 목적지는 경남 고성의 상족암. 빨래판처럼 평평한 이곳 해변의 바위에는 초식공룡의 거대한 발자국이 남아 있다. 그것을 기려 공룡박물관을 지었다. 그 곁에 아담한 캠핑장도 만들었다. 캠핑장 앞에는 거대한 티라노사우루스가 번뜩이는 눈으로 노려보고 있다.

인터넷에서 사이버투어로 박물관을 둘러본 아들의 두 눈이 왕방울처럼 커졌다. 우리가 그곳에서 하룻밤 잘 거라고 하자 아들 녀석의 입이 딱 벌어졌다. 이어서 터지는 아들 녀석의 환호성.

"아빠 최고!"

이 말을 들어본 게 얼마 만인가. 녀석은 분명 오늘밤 잠을 설칠 것이다. 녀석은 꿈속에서 티라노사우루스와 함께 상족암의 해변을 뛰어다닐 것이다.

나에게는 아내가 있다. 연노란 햇살이 사선으로 파고드는 아침, 안락의자에 앉아 원두커피를 마시는 상상을 즐겨 하는 아내가 있다. 아내는 숲이 깊어, 그곳에 있는 것만으로도 온몸이 향기로워지는 곳으로의 여행을 꿈꾸곤 한다.

아내를 위한 캠핑은 거제도로 정했다. 거제도의 남쪽 끝에 자리한 거제자연휴양림. 활엽수림이 우거진 그곳에는 지금 산벚꽃이 활짝 피어났을 것이다. 숲이 연둣빛으로 옷을 갈아입는 산 속에서 산벚꽃이 명주처럼 희고 흰 꽃망울을 터트린 모양은 박수근의 그림처럼 정겹다. 파스텔로 슬쩍슬쩍 칠한 것처럼 몽환적이고 나른하다.

나는 그 풍경 속으로 아내를 밀어 넣을 작정이다. 햇살이 노자산 자락을 넘어 텐트를 비추는 이른 아침. 소리 없이 텐트 문을 열고 나가 원두커피를 끓일 것이다. 주전자의 물이 끓을 무렵, 침낭 속에 곤히 잠들어 있는 아내를 가만히 깨워, 몸을 기대면 요람처럼 포근하게 감싸주는 안락의자로 안내할 것이다. 아내가 그 의자에 앉아 숲이 조용조용 봄을 길어내는 모습을 보게 할 것이다.

혹여 계절이 급한 발걸음을 놀려 산벚나무의 꽃잎이 함박눈처럼 날린다면 그것도 좋은 일이다. 그렇다면 아내에게 숲 속으로 난 오솔길을 따라 산책해보라고 권할 것이다. 꽃잎이 주단처럼 깔린 길을 거닐며 봄날을 사색케 할 것이다. 그의 몸속 깊은 곳까지 피톤치드가 스며들도록 가만 놔둘 작정이다. 굴곡진 세월의 모퉁이를 돌면서 지치고, 멍들고, 생채기 난 우리의 인생에도 봄날이 있다는 것을 알게 할 것이다. 겨울을 이겨낸 뒤에 만나는 봄날의 이 사무치는 생명의 환희를 마음껏, 마음껏 즐기게 할 것이다.

그리고 또 학동의 몽돌 해변에 갈 것이다. 그곳에는 수박만 한 돌들이 깔린 해변이 있다. 그 해변은 파도가 밀려오고 밀려갈 때마다 까르르 까르르 웃음을 토한다. 유리알처럼 투명한 바다, 남지나해를 지나 태평양과 잇닿아 있는 그 푸른 바다를 가족에게 선사할 것이다.

아들은 그 해변에서 물수제비를 뜰 것이다. 발이 시릴 만큼 바다가 차갑겠지만 녀석은 개의치 않을 것이다. 물고기 다음으로 물을 사랑하는 녀석이다. 녀석

은 몽글몽글한 돌을 보며 아직 부화하지 않은 공룡의 알을 떠올릴 것이다. 파도에 떠밀려온 투명한 미역 줄기를 건져내서는 무슨 대단한 일을 한 것처럼 자랑스러워할 것이다. 또 긴 나뭇가지라도 발견하면 낚시꾼 흉내를 낼 것이다.

그렇게 녀석이 해변을 뛰며 웃음을 쏟아내는 모습을 아내는 흐뭇한 미소로 바라볼 것이다. 그런 상상만으로도 내 가슴에는 행복이 밀물지듯 밀려온다. 분명, 아들과 아내를 위해 마련한 봄날의 캠핑이건만, 가슴이 뛰는 것은 오히려 나다.

누군가 캠핑이란 무엇이냐고 묻는다면 나의 대답은 분명하다. '가족'이다. 이 땅에서 캠핑만큼 가족의 존재를 확인시켜줄 수 있는 게 있을까. 캠핑만큼 아빠의 자리를 되찾아줄 수 있는 게 있을까. 캠핑만큼 아내에 대한 사랑을 표현할 수 있는 게 있을까. 없다. 그래서 캠핑은 가족이다.

지금은 완연한 봄날. 가족을 되찾기 좋은 계절이다. 행복을 위해 한 걸음 나아갈 시간이다. 만약 그대가 아빠의 자리를, 남편의 자리를 되찾고 싶다면 지금 당장 캠핑을 떠나라. 그곳에 가족이 있다.

남자, 캠핑을 말하다

캠핑은 남자의 놀이다. 남자를 위한 소꿉장난이다. 스포츠카나 할리데이비슨에 열광하는 사나이 기질이 고스란히 녹아 있다. 남자는 캠핑을 갈 때마다 사냥을 나선 사자처럼 야생 본능으로 꿈틀거린다. 꼿꼿하게 일어선 사자의 갈기처럼 온몸의 감각이 곤두선다.

캠핑은 자연에 집을 짓는 일이다. 텐트는 내 집처럼 아늑해야 하며, 집에서 필요한 것은 그곳에 있어야 한다. 그것을 만드는 일은 고스란히 남자의 몫이다. 때로 거친 자연과도 싸워야 한다. '또 하나의 집'에 잠든 가족을 위해 기꺼이 희생할 준비가 돼 있어야 한다.

캠핑은 우리가 사는 세상과는 다른, 또 하나의 세상이다. 캠핑장에는 이 사회를 지배하는 논리와는 무관한, 그곳에서만 통하는 특별한 힘과 질서가 있다. 이 특별한 힘과 질서는 사회적 성공이나 지위와는 무관하다. 오히려 세상에서

아주 미미한 존재로 취급받던 사내들이 주목을 받으며 화려하게 등장하는 곳이 캠핑장이다.

텐트를 치고, 땅속 깊이 팩을 박고, 투박한 손길로 요리를 하고, 낚싯대를 드리워 고기를 잡고, 모닥불을 피워 밤을 밝히고, 침낭 속에 잠든 아이에게 밤새 팔베개를 해주고…… 이런 일들은 남자가 이 사회를 살아가는 데 전혀 도움이 되지 않는 것들이다. 한마디로 '하찮은 일'이다. 돈과 명예를 위해 일분일초도 아껴야 하는 남자의 일상과는 아무 관련이 없는 것이다. 덧붙이자면 이 하찮은 것들은 원시사회에서나 주목받을 만한 능력과 장기다.

그러나 캠핑장에서는 다르다. 그런 하찮은 일을 척척 해내는 사내들이 주목을 받는다. 머리가 아닌, 몸을 움직일 줄 아는 사내들의 존재감이 확실히 부각된다. 텐트를 치기 위해 구슬땀을 흘리는 사내를 보라. 상사 앞에서 쩔쩔매는

샐러리맨이 아니다. 시계추처럼 집과 직장을 오가는 소심한 남자가 아니다. 그는 남자로 다시 태어나고 있는 것이다.

남자는 캠핑장에 도착한 순간 깨어난다. 자신의 DNA에 숨겨져 있던 야생의 본능이 살아난다. 이 사회가 자신에게 씌운 굴레를 과감히 벗어던지려고 든다. 남자가 휘두르는 망치는 그를 구속하고 주눅 들게 하는 이 시대를 향한 것이다. 자신을 나약한 존재로 전락하게 만든 잔인한 사회를 향한 시원한 돌팔매질이다.

그런 강건한 사내의 의지는 아내에게 새삼 남편의 존재를 확인시켜준다. 그는 더 이상 돈 벌어 오는 기계가 아니다. 온종일 구들장만 지고 있는 피곤한 중년이 아니다. 음식을 타박하고, 현실을 푸념하는 쩨쩨한 남자가 아니다. 그는 가정을 책임지는 든든한 울타리처럼 보인다. 세상사의 거센 파도가 덮쳐도 능히 이겨낼 것처럼 보인다. 텐트에 실루엣으로 비친 사내를 보라. 그는 당당하다. 그는 장수처럼 우람하다. 일찍이 그렇게 늠름한 아빠를, 남편을 본 적이 없을 것이다.

그렇다고 캠핑을 마초의 문화로 여기면 곤란하다. 캠핑에서 부각되는 남자, 그것은 가족을 위한 희생을 기반으로 한다. 그들은 자신의 근육질 팔뚝을 자랑하기 위해 망치질을 하는 게 아니다. 캠핑의 달인으로 평가받기 위해 정성을 다해 텐트를 치는 게 아니다. 가족이 머무는 휴식의 공간을 만들기 위해 땀 흘릴 뿐이다. 아이와 아내와 소통하는 공간을 만들기 위해 팔을 걷어붙였을 뿐이다. 캠핑은 아빠로, 남편으로 다시 태어나는 남자의 귀환을 의미한다.

남자, 혹은 아빠의 능력은 아이들이 알아준다. 아이들은 캠핑장에서 아빠가 하는 일, 그 하찮은 행위를 아빠만이 가진 특별한 능력으로 여긴다. 아빠가 보여주는 그런 특별한 기술은 일찍이 집에서는 볼 수 없는 것들이다. 아이들의 눈에 비친 아빠는 늘 피곤에 찌들어 있거나 가족의 요구에 피동적으로 응하는 무기력한 사내였다. 그랬던 아빠가 순식간에 집 한 채를 뚝딱 지어보라. 아이들은 깜짝 놀랄 것이다. 아이들은 아빠가 슈퍼맨이나 맥가이버와 동급이라 여길 것이다.

자, 이제 잃어버린 야성을 회복할 시간이다. 남자로 다시 태어날 시간이다. 캠핑을 떠날 시간이다.

새벽 5시, 다음 세상으로 가는 시간

새벽 5시
어딘가 떠나려고 할 때 이때만큼 좋은 시간이 있을까.
세상은 아직 잠에서 덜 깬
그렇다고 칠흑의 밤도 아닌
동편 하늘이 코발트블루로 물들고
어둑어둑한 세상 속에서
사물들이 희미하게나마 자신의 존재를 드러내는 순간.

서둘러라.
하짓날 새벽 5시는 늦다.
늦춰라.
동짓날 새벽 5시는 이르다.
새벽 5시는
낮과 밤의 길이가 같은 봄가을을 위한 시간.

새벽 5시는
이 세상에서 다음 세상으로
징검다리가 되어주는 때

그 징검다리를 밟고 도로를 질주하면
다음 세상에 대한 욕망이 분수처럼 뿜어져 나온다.

이때는
아일랜드의 짙은 안개 속을 휘적휘적 걷는 듯한
엔야나 시크릿 가든의 노래를 들으며
잠든 도시를 빠져나가야 한다.
몽환적 환희가 넘치는
뉴에이지의 리듬에 맞춰
우리의 가슴도 주체할 수 없는 희열로 고동치게 해야 한다.

욕망에 굶주린 타락한 영혼과
좌절의 깊은 늪에 빠져 허우적거리는 사람들
비굴한 눈길로 동정을 구걸하는 사내들
미래를 저당 잡히고 얻은
달콤한 사탕을 정신없이 핥고 있는 사내들
그들이 한데 뒤엉킨 도시를 버리고
탈출을 시도할 때다.

새벽 5시
다음 세상을 향해 떠날 시간이다.

무릉도원에서의 하룻밤

저녁놀이 복사꽃밭에 드리웠다. 복사꽃은 그 노을을 받아 한껏 빰이 붉어졌다. 봄이 무르익은 느낌이다. 눈길을 조금만 돌렸다가 되돌려도 세상이 변하는 게 느껴졌다. 그새 민들레 홀씨는 훌쩍 하늘로 날아올랐다. 복사꽃 꽃망울 하나가 살포시 꽃잎을 열고 수술을 드러냈다. 벌 한 마리가 급한 날갯짓으로 배꽃을 향해 날아갔다. 세상이 그림 속 풍경처럼 정지된 것 같았지만 자연계의 순환은 바쁘게 시간을 따라 움직였다. 그 물 흐르듯 자연스러운 질서를 노을은 또 파도처럼 밀려와 물들이고, 창끝처럼 뜨겁게 찔렀다.

꼭 긍정의 답을 얻으려 했던 것은 아니었다. 그냥 지나는 말로 꽃밭에서 하룻밤 자고 갈 수 있느냐고 물었던 것이다. 그런데 이 마음씨 좋은 농부가 덜컥 그러라고 하는 게 아닌가. 노을 속의 꽃밭을 두고 돌아서기가 내내 아쉬웠던 차에 뜻하지 않은 횡재를 얻은 것이다.

배꽃 터널 속에 작은 텐트를 쳤다. 그새 노을은 서산으로 멀찍이 물러났다. 배꽃 위로 모습을 드러낸 동녘의 하늘은 푸르다. 봄날의 이 파란 하늘은 또 얼마 만인가. 언제부턴가 우리의 봄날은 황사에 저당 잡혔다. 봄날의 대부분은 도수가 맞지 않는 안경을 쓰고 있는 것처럼 대기가 탁하다.

텐트에 누워 배꽃이 랜턴 빛에 노랗게 물든 모습을 바라볼 때였다. 무엇인가 허전했다. 아니, 이 허전함은 복사꽃과 배꽃을 찾아 나섰을 때부터 느꼈던 것이다. 그것은 바로 향기의 부재였다. 오후 내내 복숭아밭과 배밭을 싸돌아 다녔지만 나는 꽃향기를 맡을 수가 없었다. 꽃이라면 당연히 향기가 있어야 한다. 그 향을 따라 벌이 날고, 그 벌의 다리와 주둥이에 붙은 꽃가루가 수정되어 과실이 열리는 것이다. 게다가 복숭아는 천상의 과일로 불릴 만큼 단 과일이 아니던가.

텐트 밖으로 나와 배꽃에 코를 댔다. 마치 보르도 그랑크뤼 와인을 테이스팅하는 소믈리에처럼 코를 박고, 있는 힘껏 향을 빨아들였다. 한 번, 두 번, 세 번……, 그때였다. 배꽃의 향기가 콧속으로 스며들기 시작했다. 옅은 그 향은 무엇일까, 배냇저고리에 밴 아이의 젖비린내처럼 들척지근한 단내였다.

향기 하면 밤꽃을 따라올 꽃이 없다. 그것도 칠흑같이 어두운 그믐달 속의 밤꽃은 아편만큼 강렬하다. 바람도 없이 대기가 낮은 곳으로 고요히 침잠할 때 밤나무 아래를 거닐면 끈적끈적한 향기가 발목을 칭칭 감는다. 함부로 숨을 들이킬 수가 없다. 생각 없이 큰 숨을 들이켰다가는 그 농익은 향기에 숨이 멎을 것처럼 가슴이 먹먹해진다. 그만큼 강렬하다. 밤꽃 향기에는 욕정이 묻어 있다. 그 비릿한 향기는 뜨거운 사랑을 나눈 뒤 사내의 몸을 빠져나온 정액 냄새와 같다. 그래서 옛사람들은 밤꽃이 피면 처녀들을 밤나무 곁에 얼씬도 못하게 했다.

밤꽃과 비교하면 배꽃은 얼마나 수수한가. 이렇게 꽃그늘에 팔베개를 하고 누워도 있는 둥 마는 둥 그저 은은하게만 스며들 뿐이니 말이다. 때로 넘치는 것보다 조금 부족한 것이 사람의 마음을 움직일 때가 있다.

사람의 마을에 피어난 노란 나트륨등이 어둠 속에서 점점 농익는다. 시골의 밤은 소리도 없이 깊어만 가고, 나는 복사꽃밭에 앉아 별똥별 하나가 떨어지기를 기다렸다.

문패를 달다

초록이 깊어가는 날, 선배의 초대를 받았다. 학창 시절의 그는 샌님 소리를 들을 만큼 도시적인 취향이었다. 그런데 몇 년 전부터 캠핑에 꽂힌 후 주말이면 아예 캠핑장을 끼고 살고 있다. 그는 특히 '장비의 달인' 이라 불릴 만큼 캠핑 장비에 대한 식견이 풍부하다.

내가 캠핑장에 도착했을 때 선배는 얼추 텐트를 다 쳤다. 꼼꼼한 성격답게 모든 것이 완벽했다. 그중에서 내 눈길을 사로잡은 것이 있었다. 타프의 폴에 매달아놓은 문패였다. 나무에 인두로 지져 쓴 '달빛추억' 이란 글자가 가슴에 확 박혔다. 그 문패를 보는 순간, 몇 년 전 여름에 찾았던 알래스카가 떠올랐다.

북미 최고봉 매킨리가 바라보이는 디날리 국립공원의 캠핑장에 머물 때였다. 캠핑장을 산책하다 우연히 캠핑카를 발견했다. 의아했다. 이 국립공원은 공원 보호를 위해 일반 차량의 출입을 금지하고 있다. 국립공원 내에서는 오직

국립공원에서 운영하는 셔틀버스만 다니도록 돼 있다. 그런데 버젓이 캠핑카가 자리한 것이다.

궁금증이 일어 가까이 가봤다. 캠핑카 곁에 인자한 표정의 노부부가 앉아 차를 마시고 있었다. 그들은 반갑게 나를 맞아주었다. 나의 서툰 영어에도 진지한 눈빛으로 대답했다. 그들은 자원봉사를 하고 있다고 했다. 해마다 여름이면 이 캠핑장에 머물면서 캠핑장 관리를 하고 있다고 했다.

그 말을 듣고 나서야 관리자도 없는 캠핑장이 언제나 깨끗한 이유를 알았다. 그리고 캠핑카 앞에 세운 커다란 문패의 의미를 알게 됐다. 문패에는 '해리와 필리스의 집' 이라 적혀 있었다. 그들에게 캠핑카는 여름 한 철을 나는 집이었던 것이다.

노부부에게 작별을 고하고 돌아오면서 생각했다. 세월이 가면 나도 저들처럼 늙어갈 수 있을까. 저들처럼 자연에 깃들어 함께 넘어온 세월을 위로하며 서로에게 따뜻한 눈길을 보낼 수 있을까. 그들처럼 삶의 마지막 순간까지 세상을 위한 빛과 소금이 될 수 있을까.

선배의 텐트에 걸린 문패를 보고 나자 문패를 만들고 싶은 욕심이 생겼다. 캠핑에서 돌아온 후 당장 문패 만들기에 들어갔다. 옹이의 흔적이 선명한 나무를 구했다. 적당한 굵기로 자른 후 표면을 반들반들하게 사포질했다. 드릴로 구멍도 뚫어 끈을 걸 수 있게 했다.

문패를 만들 준비는 모두 마쳤다. 이름을 정해서 그려 넣기만 하면 됐다. 가족회의를 열었다. 여러 가지 의견이 나왔다. 그런데 마땅한 이름이 없었다. 결국, 내가 좋아하는 윤동주 시인의 시 제목 '별 헤는 밤'이 채택됐다. 공룡 이름을 쓰자고 우기던 아들은 시큰둥한 표정을 지었다.

문패에 새길 글씨는 못을 달궈서 쓰기로 했다. 스토브에 벌겋게 달군 못을 리플로 움켜쥐고 정성껏 글씨를 새겼다. 글씨는 생각만큼 잘 새겨지지 않았다.

글씨가 삐뚤어지거나 획의 굵기도 달랐다. 그러나 나는 온 정성을 다해 글씨를 새겼다. 그것을 지켜보는 아들 녀석도 손에 땀을 쥐었다. 마지막 글자를 완성하고 나자 아들 녀석은 환호성을 질렀다. 나도 무슨 큰일을 한 것처럼 어깨가 으쓱했다. 이제 우리 텐트에도 이름이 생긴 것이다.

흘러간다

흘러간다.
강물이 흘러간다.
갈퀴 같은 나뭇가지를 빠져나온 바람이 흘러간다.
산마루에 어기영차 뜬 달이 천공을 가르며 흘러간다.
그 뒤를 따라 은하수가 우르르 몰려간다.
세상의 모든 것들 흘러가고,
또

흘 러 간 다.

흘러간다.
세월이 간다.
정동길을 함께 거닐던 사랑이 지나간다.

꽃피는 봄날도
이마에 핀 주름도
바람이 되어
구름이 되어
그저 흘러간다.

사람으로 와서 흙이 되고
흙으로 머물다 다시 바람을 타고
낯선 땅에 먼지가 되어 내리고
또 어느 들꽃으로 피어나고

흘러간다.
세상사 모두 흘러간다.
흐르지 않으면 썩는 일뿐
그것도 마지막에는 다른 무언가로 변하는 것
머무는 것은 없다.
우리의 인연도
바람에 흩날리는 먼지
그 이상도 아닌 것을.

흘러간다.
흘러간다.
흐르고 흘러
내가 너이고
네가 또 무엇이 되는
이 끝없는 윤회의 끝에서
다시 세상은

흘
러
간
다.

비처럼 울고 싶은 날에

당김줄을 힘껏 당긴다. 텐트의 플라이가 탱탱하게 펴진다. 모서리의 팩도 뽑아 한 뼘쯤 뒤로 당겨 박는다. 늘어지는 것은 싫다. 비를 맞고 플라이가 축 처지는 것은 용서할 수 없다.

인생이 반환점을 돌 무렵, 내 몸 어딘가에 주름이 늘기 시작했다. 뱃살은 처지고, 턱은 두 겹으로 겹쳐졌다. 눈자위에도 그늘이 드리웠다. 어디 처진 것이 몸뿐이랴. 탄력을 잃은 것이 피부뿐이랴. 단 한 번도 세상의 주인이지 못했던, 단 한 번도 세상을 향해 당당히 외쳐본 적 없는 지난 삶은 얼마나 굴욕적인가. 늘 삼류인생의 그늘을 벗지 못하고 누군가에 주눅이 들어 살아온 날들은 또 얼마나 무기력했나. 그러나 텐트가 처지는 것만큼은 용서할 수 없다.

더 당길 곳은 없는가. 텐트가 다림질을 해놓은 것처럼 매끈하다. 빗방울이 굴러 떨어지는 모습에서 생기가 넘친다. 빗방울이 마치 달리기 시합이라도 벌이는 듯하다. 나뭇잎에서 뭉쳐진 커다란 빗방울이 텐트 지붕에 떨어질 때는 작은 물방울이 용수철처럼 튀어 오른다.

그제야 안심을 하고 텐트 속으로 든다. 온통 흐린 날씨 탓에 시간을 분간할 수 없다. 아니, 분간할 이유도 없다. 누군가 세지 않아도 시간은 저절로 바퀴를 굴려서 간다. 사각 침낭 속에 몸을 누인다. 마치 관 속에 들어 있는 미라처럼 미동도 없이 누워 있는다. 눈을 감는다. 빗줄기가 사나워진다. 콩 볶듯이 요란하다. 난타의 공연처럼 수많은 파열음이 텐트를 두들긴다.

눈을 감고 있다. 빗줄기가 텐트를 뚫는다. 화살처럼 날카로운 빗방울이 침낭을 뚫는다. 비수 같은 빗방울이 가슴을 찌른다. 얼굴을 할퀸다. 빗줄기가 이미 지나온 세월의 강을 거슬러 가 쓰러지거나 피 흘리거나, 혹은 치유할 수 없을 만큼 상처 받아 비틀거렸던 고통스런 순간들을 들추고 아프게 찌른다. 기쁜 날도, 긍정의 힘이 지배하는 순간도 많았지만 8할은 상처 받고, 그것을 치유하며 보낸 시간들이 대부분인 내 인생을 향해 야유하듯 퍼붓는다. 빗줄기가 그런 아픈 기억에 꽂힐 때마다 나는 서럽다. 서러워 눈물이 난다.

얼마나 흘렀을까. 빗소리가 조용히 물러간다. 나는 움직일 생각조차 못하고 빗소리에 흠뻑 젖어 있다. 귀밑까지 빗물이 고여 찰랑거리는 느낌이다. 가늘어진 빗줄기는 고른 숨결로 텐트 위에 낙하한다. 등을 토닥토닥 두드리듯이.

괜찮아, 괜찮아.

빗방울이 나를 위로한다.

옹이 없는 인생은 없어.
인생의 나이테는 그런 옹이들이 모여 단단해지는 거야.
실컷 울어도 좋아.
이 텐트 안에 너 혼자야.
여기서 남자인 척, 강한 척할 필요 없어.
마음껏 울어도 괜찮아.

그 위로에 또 목이 멘다.
오늘은 비처럼 울고 싶은 날이다.

인연, 물안개처럼 밀려오는 그리움

근화동 선착장을 출발한 철부선이 느리게 호수를 가로질렀다. 바람 한 점 없었다. 물결은 비단결처럼 잔잔했다. 물비린내가 훅 끼쳤다. 춘천 시가지가 점점 멀어졌다. 그와는 반대로 호수에 뜬 섬 중도가 천천히 다가왔다. 오늘 하루 쉬어갈 섬이다.

언제부턴가 북한강가에 접한 이 조용한 도시를 '호반의 도시'라 부르고 있다. 늦가을이나 초봄, 밤낮의 일교차가 큰 날이면 어김없이 이 호숫가의 도시는 물안개를 피워 올린다. 그 자욱하게 피어난 물안개 속으로 그물을 걷으러 가는 어부의 모습이 실루엣으로 흐르고, 어디선가 후다닥 수면을 박차는 물새들의 힘찬 약동이 들린다. 아침저녁으로 뜨고 지는 해는 노을빛 잉크를 풀어 호수를 물들인다. 그때쯤이면 강변을 따라 부지런히 자전거 페달을 밟던 사람들도 걸음을 멈추고, 흘러가는 시간이 연출하는 이 장엄한 서사시를 감상한다.

어쩌면 춘천을 더욱 춘천답게 만드는 것은 중도 때문인지도 모른다. 춘천에 호수가 생기면서 더불어 태어난 섬, 중도. 호수 가운데 떠 있다고 해서 중도다.

춘천 가는 기차를 타봤던 이들이라면 중도에서의 추억 하나쯤은 가지고 있을 것이다. 기차역에서 다시 선착장으로, 그리고 배를 타고 들어가면 거기 새로운 낭만이 기다리고 있다. 중도에는 플라타너스가 웃자란 곳에 펼쳐진 드넓은 잔디밭, 걷고 또 걸어도 질리지 않는 호숫가 산책로, 둘이 하나 되어 타는 자전거, 시원하게 물살을 가르는 수상 스키 같은 것들이 있어 휴식을 선사한다. 무엇보다 배를 타고 호수를 건넌다는 것만으로도 청춘들의 가슴은 뛰기 마련이다. 그러다 막배를 놓치거나(의도된 것일 수도 있다) 하는 날이면 청춘들의 가슴에는 불안함과 설렘이 교차한다.

오월 초순의 중도에는 플라타너스 꽃가루가 눈처럼 날렸다. 잔디밭에는 서설이라도 내린 것처럼 꽃가루가 하얗게 덮여 있었다. 그것들은 잔바람이라도 불면 일제히 날아올라 공중을 부유했다.

캠핑장 한구석에 텐트를 칠 때였다. 누군가의 시선이 느껴졌다.

"저 혹시……."

나는 가만히 고개를 돌렸다.

한 여인이 앞에 서 있었다.

"무슨 일이시죠?"

퉁명스런 질문에 그녀의 얼굴이 새빨개졌다.

"아는 사람인가 싶어 그랬습니다. 미안합니다."

그녀는 말을 마치자마자 황급히 돌아섰다. 그녀가 걸어가는 곳에 한 꼬마가 환하게 웃고 있었다. 아이 곁에 선 사내도 넉넉한 미소를 짓고 있었다.

그녀를 태운 차가 내 앞을 지나갔다. 그 바람에 쌓여 있던 플라타너스 꽃가루가 부옇게 휘날렸다. 잠시 그녀와 눈이 마주쳤다. 그 시간은 아주 짧았다. 차는 서둘러 선착장으로 향했다.

누구일까. 어디서 본 듯도 해서 머리를 굴려보았지만 좀체 떠오르지 않았다. 그녀를 태운 차가 시야에서 사라진 뒤 나는 다시 텐트를 치기 시작했다. 폴을 끼우고, 텐트를 일으켜 세웠을 때였다. 책갈피를 넘기다 우연히 발견한 단풍잎처럼 명징한 추억 하나가 빠르게 스쳐 지나갔다.

그녀를 만난 것은 대학 시절 춘천 가는 기차 안에서였다. 종로통에서 새벽까지 술을 마시던 나는 갑자기 춘천 가는 기차가 타고 싶어졌다. 춘천에 특별히 볼일이 있거나 만나야 할 사람이 있는 것은 아니었다. 그저 가보고 싶었다. 밤을 꼬박 샌 뒤 우수에 찬 눈빛으로 첫 기차를 타는 일이 꽤 근사하게 여겨졌을 뿐이다. 그때 나는 그럴 나이였다.

일요일의 첫 기차는 만석이었다. 입석표를 끊었다. 나는 기차에 오르자마자 빈자리를 차지하고 앉았다. 주인이 오면 비켜줄 요량이었다. 그러나 밤을 꼬박 샌 데다 술까지 마셨으니 어찌 그 졸음을 이겨낼 수 있을까. 나는 이내 깊은 잠에 빠졌다.

얼마쯤 지났을까. 기차가 덜컹거리는 통에 잠에서 깼다. 기차는 북한강을 따라 달리고 있었다. 내 앞에는 한 여자가 서 있었다. 잠에 취해서도 그녀의 서글서글한 눈빛이 느껴졌다. 나는 그녀에게 자리를 양보하기로 했다.

"춘천까지 가시나요? 제가 자리를 양보하죠."

"여긴 원래 제자리였는데요."

나는 멍한 표정으로 그녀를 바라봤다. 그때까지도 나는 내가 남의 자리를 차지하고 있었다는 사실을 까맣게 잊고 있었던 것이다.

무안했다. 그러나 이왕 부린 호기였다. 나는 그녀에게 사죄의 뜻으로 춘천을 안내하겠다고 허풍을 떨었다.

"혹시 중도 가본 적 있나요?"

"중도요?"

춘천행이 처음인 내가 중도를 어찌 알 수 있으랴. 그녀가 내뱉은 중도라는 한 마디에 괜한 호기를 부리려 했던 나는 머쓱해지고 말았다.

그녀를 따라서 중도에 갔다. 딱히 갈 곳을 정한 것이 아닌 데다 아는 곳도 없는 처지라 자연스레 그녀를 따라 나섰다. 좀 더 솔직하게 말하자면 서글서글한 눈빛의 그녀와 헤어지는 것이 아쉬웠다. 다행스럽게도 그녀는 내가 동행을 자처했을 때 거부하지 않았다. 어찌 보면 내가 치근덕거리는 모양새였는데도 그녀는 싫은 내색을 하지 않았다.

배를 타고 들어간 섬에는 오월의 화창한 기운이 넘쳐났다. 사람들은 하나같이 기쁜 표정들이었다. 그들 사이에 있는 우리도 처음 만난 사이치고는 크게 어색하지 않았던 것으로 기억한다. 호숫가를 거닐고, 컵라면으로 점심을 먹고, 자전거를 타고…… 남들처럼 그렇게 중도의 봄날을 즐기다가 서울로 돌아왔다.

우리는 청량리역에서 헤어졌다. 다시 만날 수 있겠냐는 말이 혀끝에 맴돌았다. 그러나 차마 그 말은 하지 못했다. 너무 속물처럼 보일 것 같아 애써 참았다. 만날 때처럼, 헤어질 때도 기약 없이 발길을 돌리는 게 남자라고 생각했다.

그녀는 돌아서는 내게 춘천 구경을 시켜준 것에 대한 답례라며 시집 한 권을 내밀었다. 신동호 시인이 쓴 〈저물 무렵〉이라는 시집이었다. 그녀는 자신을 춘천으로 이끈 것은 이 한 권의 시집이라는 말을 덧붙였다. 말을 마친 그녀는 어둠 속으로 총총히 사라졌다.

그녀와의 인연은 그날 하루가 전부였다. 그러나 나는 그후로 오랫동안 사랑을 하지 못했다. 언젠가 다시 그녀를 만날지도 모른다는 생각에서였다. 우연히 다가왔던 인연처럼, 언젠가 다시 그 인연의 끈이 이어질 것이라고 여겼다. 그리고 그녀가 생각날 때마다 〈저물 무렵〉에 수록된 '춘천역' 이라는 시를 떠올리곤 했다.

노을이 비껴 앉아 있었다 거기에선
무료한 사람들의 세월이
떠나지도 도착하지도 않은 채 안개 속에 잠겨 있었다
뭔가
내 청춘의 십 년은 내내
안개로부터 벗어나려는 발버둥이 아니었던가
문득 옛 친구의 낯익은 얼굴을 만나고 돌아서면
비로소 기억 저편에 놓이던 추억
내내 앞만 보며 달리던 동안에도
묵묵히 세월과 더불어 낡아지던 풍경들
그 오랜 것들은 아름답던가 추억은

(이하 생략)

나는 그녀가 머물던 자리로 텐트를 옮겼다. 생애 하루 겹쳐졌던 우리의 인연을 다시 느끼고 싶었다. 그녀는 지금 배를 탔을까. 그녀도 노을에 젖은 호수를 보며 순수했던 그 시절을 회상하고 있을까. 훗날 생의 어느 한 지점에서 그녀와 다시 만날 수 있을까. 아마도 오늘은 쉽게 잠들지 못할 것 같다.

봄볕, 화이트 와인, 그리고 휴식

캠핑장에 뛰노는 아이의 그림자가 거인처럼 커졌다. 서편 하늘에 감색 노을이 물들기 시작했다. 아이스박스에서 오후 내내 차갑게 식혀놓았던 화이트 와인을 꺼내 코르크마개를 땄다. 딸기와 앵두, 치즈를 바른 비스킷도 테이블에 올렸다.

와인을 따랐다. 투명한 와인 잔에 싱그러운 기운이 넘쳤다. 그 잔을 눈높이로 들었다. 잔 속에 초록이 깊어지는 숲이 들어왔다. 잔을 좀 더 높이 들었다. 파란 하늘이 잔 속으로 내려앉았다. 와인 속에 비친 세상, 완연한 봄이었다.

와인에 깃든 봄을 한 모금 마셨다. 풀 비린내처럼 상큼한 와인의 향기가 입안 가득 퍼졌다. 내가 사랑하는 향기다. 내가 가장 꿈꾸는 행복한 캠핑의 순간이다. 나는 콧속 깊이 와인의 향기를 빨아들였다. 그 향기를 따라 보르도의 포도밭에서 파티를 즐겼던 추억 속으로 시간여행을 떠났다.

프랑스 최고의 와인 산지라 불리는 보르도. 지롱드 강에 자리한 샤또 루덴의 포도밭에 오렌지빛 햇살이 내리고 있었다. 하지가 가까워지자 낮이 점점 길어지고 있었다. 오후 여덟 시를 눈앞에 뒀는데도, 햇살에는 아직 힘이 넘쳤다. 그 햇살을 받으며 포도밭에는 포도가 알알이 영글고 있었다.

나는 지롱드 강 산책을 마치고 포도밭으로 돌아오는 중이었다. 강에서 성으로 돌아오는 길은 플라타너스 나무가 열 지어 서 있었다. 이 길을 파크 에비뉴라 부른다. 백여 년 전에는 이 길이 샤또 루덴에서 만든 와인이 세상과 만나러 가는 길이었다. 이 길을 따라 오크통을 굴려서 강에 정박한 배에 실었다고 한다. 와인을 실은 배는 지롱드 강을 빠져 나가 유럽에 프랑스의 향기를 전했다.

포도밭 건너편에 젊은 친구 몇이 텐트를 치고 있었다. 샤또 루덴이 젊은 여행자에게 초지를 무료로 개방해주었다. 그 모습을 보며 다짐했다. 다시 보르도를 방문한다면 저들처럼 캠핑을 하며 와인을 원 없이 마시리라. 그러나 그날은 아니었다. 그날은 샤또 루덴의 성주가 만찬을 베풀고 성에서의 하룻밤 잠자리도 허락한 터였다.

햇살이 더욱 짙어졌다. 샤또 루덴의 회색 벽돌로 지은 성도 오렌지빛으로 물들었다. 포도 잎도 밝은 연둣빛으로 빛났다. 찬란한 유월의 저녁 햇살이 세상을 물들이고 있었다. 이처럼 화창한 봄날을 언제 만났을까.

성과 포도밭 사이에 있는 정원에서 누군가 와인 잔을 들어 보였다. 아페리티프를 즐길 시간이 됐다는 신호다. 나는 산책을 접고 성으로 발길을 돌렸다. 보르도의 이름난 샤또에서 와인을 마시는 일은 얼마나 행복한가. 나는 프랑스행 비행기에 오르기 몇 주 전부터 그런 상상을 하며 잠을 설쳤다.

탁자에는 차갑게 식힌 화이트 와인이 놓여 있었다. 샤또 루덴의 성주가 와인을 따랐다. 와인 잔을 들어봤다. 푸른 포도밭과 투명한 하늘이 와인 잔에 담겼다. 와인은 떼루아를 담는다더니, 이게 그런 것일까. 와인 한 모금을 마셨다. 지롱드 강에서 불어오는 선선한 강바람이 느껴졌다. 청포도를 송이째 씹는 기분이었다. 시원했다. 깔끔한 산미가 넘쳤다. 맑고 투명한 보르도의 공기를 들이킨 기분이었다.

그때 누군가 왔다. 성주와 친구 사이라는 라퐁 로쉐의 주인장 미셸 테스롱이었다. 그는 한국에서 손님이 왔다는 소식을 듣고 부랴부랴 달려온 길이라고 했

다. 그가 오자 로제 와인 두 병이 더 나왔다. 그는 자신은 로제 와인을 빚지는 않지만 싱그러운 유월에는 로제 와인이 최고라며 엄지손가락을 치켜들었다. 그것도 샤또 루덴 것이 최고라는 말도 덧붙였다.

와인에 관심이 있는 이라면 라퐁 로쉐에 대해 잘 알 것이다. 보르도의 특급 와인을 등급별로 나눈 그랑크뤼 와인에서 4등급을 받은 샤또다. 꼬냑 생산자로 명성이 자자했던 기 테스롱이 1959년 포도밭을 매입한 후 지금과 같은 명성의 반열로 일궜다. 라퐁 로쉐는 적어도 병당 10만 원을 호가한다. 그런 명품 와인을 만드는 샤또의 소유주가 이웃 샤또의 파티를 찾아온 것이다.

그런데 그의 차림새가 너무나 평범했다. 내가 상상했던, 그림 같은 성의 성주답게 귀티가 흐를 것이라는 예상이 완전히 빗나갔다. 그는 방금 포도밭을 돌보다 온 농부의 모습 그대로였다. 그를 더욱 친근하게 만든 작은 사건이 있었는데, 그것

은 절반쯤 열린 바지의 지퍼였다. 직업의식에 충실한 그가 방금 따른 로제 와인 잔에 코를 대고 진지하게 향을 맡을 때도 그의 바지 지퍼는 열려 있었다.

그의 바지 지퍼가 열려 있는 것을 발견한 것은 나만이 아니었다. 모두가 그가 입은 바지의 지퍼가 열렸다는 것을 눈치 챘다. 그러나 아무도 말하지 않았을 뿐이다. 그가 이야기보따리를 풀어가며 재치 있는 입담으로 좌중을 사로잡을 때 사람들의 시선은 열린 그의 바지 지퍼로 가 있었다. 그러나 끝내 아무도 그 사실을 그에게 말해주지 않았다. 결국, 그는 만찬장으로 자리를 옮길 때까지 바지의 지퍼를 열어놓은 채 파티를 즐겼다.

나는 그날 보르도의 진정한 농부들을 봤다. 우리가 격식에 사로잡혀 유난스럽

게 마시는 와인. 그러나 그것을 만드는 프랑스의 농부들은 소탈했다. 꾸밈이 없었다. 그들은 햇살 좋은 마당에서 자신이 담근 와인 한 잔 나누는 기쁨으로 와인을 빚고 있었다. 설령, 누군가의 허물(그것이 열린 바지 지퍼라 해도)을 발견해도, 스스로 그것을 해결하기까지 기다릴 줄 아는 따뜻한 마음씨의 소유자들이었다.

캠핑장에서 안락의자에 깊숙이 몸을 묻고 저무는 하루를 바라보고 있으면 그날, 지롱드 강이 내려다보이는 샤또 루덴의 포도밭에서 느꼈던 행복이 되살아난다. 알알이 포도를 영글게 하던 오렌지빛 햇살과 강에서 불어오던 선선한 바람, 자갈이 듬성듬성 박혀 있는 밭에서 나던 풋풋한 흙내음이 느껴진다.

화창한 봄날의 늦은 오후, 화이트 와인을 마실 시간이다.

지리산에 기억을 묻다

이 산에 혼자다. 지리산 큰 품에 혼자 남았다. 황혼의 해는 철쭉능선 너머로 지고, 멀리 남원 시가지의 불빛이 아련하게 피어난다. 어디선가 소쩍새가 운다. 산비둘기도 구슬픈 울음을 토한다. 팔랑치에는 노을보다 붉은 철쭉이 흐드러지게 피어 있다. 그 위로 다시 핏빛의 석양이 쏟아진다.

바래봉만 오르면 마음이 푸근하다. 지리산에는 세석이나 돼지평전, 노고단, 만복대처럼 능선 위에 아늑한 초원이 많다. 그래서 후덕한 산으로 칭송을 받는다. 그 초원 가운데서도 바래봉이 최고다. 팔랑치와 세걸산을 걸쳐 정령치로 이어진 유순한 능선은 소 등처럼 부드럽다. 발치 아래 내려다보이는 운봉 들녘의 정취는 깊은 산이 아닌, 동네 뒷산을 오른 느낌이다. 그러나 눈을 돌리면 지리산의 장대한 파노라마가 펼쳐진다. 천왕봉에서 반야봉을 거쳐 노고단으로 이어진 백 리 주릉이 남김없이 드러난다.

단언컨대 지리산이 이처럼 온전히 드러나는 곳은 없다. 바래봉에 서는 순간 지리산을 다 가지게 된다. 그 매력에 이끌려 바래봉을 찾곤 했다. 바래봉 정상 밑, 제아무리 깊은 가뭄에도 물이 마르지 않는 샘가가 아지트였다. 이 샘은 한때 바래봉에 알프스를 본떠 양떼목장을 만들려고 하던 시절, 목동들의 쉼터가 되었던 곳이기도 하다.

황혼까지 지리산 바래봉에 홀로 남은 까닭은 아버지에 대한 연민 때문이다. 이제 더는 지리산을 오를 수도, 그리워할 수도 없는 아버지를 대신해 내가 남기로 한 것이다. 이곳에서 아버지가 지리산과 맺은 모진 인연의 끈을 놓아주고 싶었다. 그리고 또, 아버지를 부정했던 부끄러운 지난날에 용서를 구하고 싶었다.

벌써 십 년 전의 일이다. 이런저런 병치레로 쇠약해진 아버지는 지리산을 가보고 싶다는 말을 자주 했다. 그러던 어느 날, 아버지가 내 앞에서 눈물을 쏟았다. 무슨 사연일까. 나는 갑자기 터진 아버지의 울음에 당황했다. 아버지는 실컷 목 놓아 울고 난 뒤 평생 가슴에 품고 있었던 아픈 기억을 더듬더듬 털어놨다.

스무 살 무렵, 충남 서산에서 경찰로 근무하던 아버지는 지리산 빨치산 토벌

대로 차출됐다. 아버지가 머물던 곳은 바래봉이 내려다보이는 운봉. 당시 지리산은 밤낮으로 주인이 바뀌던 시절이었다. 쫓는 자와 쫓기는 자 모두 피 말리는 긴장의 연속이었다. 아버지는 마음이 여린 분이었다. 지리산에서의 나날은 여린 아버지가 감당하기에는 벅찼다. 그때 아버지에게 평생 씻을 수 없는 사고가 일어났다. 실탄이 장전된 캘빈 소총을 다루다 그만 총기 오발사고가 발생했고, 그 바람에 동료 두 명이 죽었다.

그날의 사고는 아버지의 삶을 구속하는 멍에였다. 아버지는 살아오면서 단 한 번도 그 이야기를 입 밖에 내지 않았다. 아버지가 그 사실을 털어놓기 전까지는 가족 누구도 몰랐다. 아버지는 내가 대학 시절부터 지리산을 훑고 다녔다는 것을 알면서도 일절 그런 내색을 비치지 않았다. 그런 아버지가 세상과 작별할 순간이 다가오자 아이처럼 울음을 터트리며 고백을 한 것이다. 내 잘못이라고, 내가 사람을 죽였다고.

아버지는 지리산에 가고 싶다고 했다. 자신의 실수로 숨진 그들에게 마지막으로 속죄하고 싶다고 했다. 평생 동안 자신을 괴롭힌 그날의 사건으로부터 놓여나고 싶었던 것이다. 그러나 나는 아버지를 지리산으로 모시고 가지 않았다.

직장생활이 바쁘다는 것은 핑계였다. 그 시절 나는 아버지를 받아들일 마음의 준비가 되어 있지 않았다. 그렇게 내가 아버지의 마지막 소원을 외면하고 있을 때 부고가 날아왔다. 아버지가 평생 지고 왔던 그 비밀을 털어놓은 지 석 달 뒤의 일이었다.

살아오면서 아버지를 참 많이 미워했다. 나에게 아버지는 무능력한 사내의 표본이었다. 충청도 사투리로 '쑥맥 같은' 사내였다. 사춘기 때 나는 결코 아버지처럼 무능력한 사람이 되지 않겠다고 수도 없이 다짐하곤 했다. 나에게 아버지란 존재는 밤낮없이 밭으로 논으로 일하러 다니는 사람이었다. 그는 자식에게 밥을 굶기지 않는 것만으로도 부모의 소임을 다했다고 여기는 것 같았다. 자식이 학교에서 무엇을 배우고 있는지, 꿈이 뭔지, 어떤 고민을 하고 있는지는 안중에도 없었다. 그는 단 한 번도 공부 못한다고 꾸지람을 한 적이 없었다. 단 한 번도 내 고민을 들어준 적이 없었다. 초등학교부터 대학교까지, 단 한 번도 나의 졸업식에 와본 적이 없었다. 그런 아버지가 내게 준 것이 있다면 그것은 가난이란 굴레였다. 대학을 졸업하고 직장생활을 할 때도 나는 그렇게 믿고 있었다. 그런 생각이 들 때마다 다짐하곤 했다. 나는 절대 아버지처럼 살지 않겠다고.

아버지를 여의고 몇 해가 흘렀다. 그때까지도 나는 아버지의 부재를 크게 실감하지 못했다. 그러던 어느 날, 면도를 하다가 거울 속에서 문득 아버지를 발견했다. 거울 속에 청년기의 아버지가 나를 빤히 바라보고 있었다. 나는 깜짝 놀랐다. 그토록 벗어나고 싶었던 아버지의 그늘이 내 얼굴에 겹쳐져 있는 것이었다. 이런 게 천륜일까. 지우고 싶다고 지울 수 없고, 끊고 싶다고 끊을 수 없는 부자지간의 인연이 이런 것일까. 그날 이후 나는 내 속에 있는 아버지를 받아들이기로 했다. 아니, 내가 한 아이의 아빠가 되면서 아버지에 대한 원망이 슬그머니 자리를 뜬 것이다.

내 안의 아버지를 확인하고 난 뒤부터 나는 무섭게 아버지란 존재에 집착했다. 내 아이가 자랄수록 더욱 아버지가 그리웠다. 아버지를 모질게 부정하던 그 시절을 원망했다. 아버지를 무능한 가장이 아닌 다른 시각으로 바라보려 노력했다. 그는 무능한 게 아니라 심성이 착했을 뿐이다. 그는 할 말이 많았지만 침묵했을 뿐이다. 그는 하고 싶은 일이 많았지만 칠남매의 목구멍을 책임진 가장으로 묵묵히 일했을 뿐이다. 그리고 또, 이제 막 피어나는 청년기에 일어난 불의의 사고로 날아보기도 전에 한쪽 날개가 꺾인 것이다. 어디 아버지뿐이랴. 그 시절 이 땅의 아버지들은 그렇게, 삶의 막다른 골목으로 몰리면서 구차한 인생

을 살다 갔다. 그것이 아버지 세대가 살아온 격동의 세월이라고 받아들였다.

저녁놀이 늦게까지 불탔다. 해는 벌써 졌는데도, 감홍색 놀은 오래도록 서편 하늘에 물들어 있었다. 철쭉을 훑으며 바람이 지나간다. 철쭉능선 너머로 불빛이 새록새록 빛난다. 언제 보아도 사람의 마을에 피어난 불빛은 따뜻하다. 누군가를 그리워하는 마음이 있다면, 그것은 산정에서 바라보는 마을의 불빛일 것이다.

지리산의 큰 품에 잉크처럼 진한 어둠이 배어들었다. 하늘에는 생보석 같은 별들이 가득하다. 그러나 별들은 이내 보름달에게 자리를 내준다. 지리산의 동쪽 끝, 정확히 천왕봉 너머에서 보름달이 불쑥 고개를 내민다. 한가위나 대보름에 보던 달보다 더 크고 매혹적이다. 보름달 아래로 하늘과 맞댄 지리산 주릉의 장쾌한 흐름이 실루엣으로 보인다. 제석봉 아래 장터목산장에도 아련한 불빛이 새어나온다. 직선거리로 25킬로미터는 될 법한데, 그 불빛이 살아서 바래봉까지 오고 있다.

나는 어둠 속에서도 지리산의 모든 것들이 그렇게 조용조용 자신의 모습을 드러내는 것을 세심한 눈길로 훑었다. 아버지가 그토록 보고 싶어 하던 지리산을 대신 바라봤다. 내가 아버지가 되어, 내 눈이 아버지의 눈이 되어 지리산을 보고 있는 것이다. 지리산에서 맺은 그 모든 슬픈 인연과 고단한 삶의 기억들을 훌훌 풀고 가라고, 내가 아버지가 되어 바래봉에 서 있다.

저 산을 본다. 말없는 저 산을 본다. 이 산에서 상처 입은 한 영혼을 본다. 꽃같은 시절에 입은 상처를 부여잡고 고단한 생애를 살다 간 아버지를 본다. 그리고 또, 뒤늦게 그런 당신을 닮아가는 나를 본다.

캠핑의 운치는 비 오는 날에 살아난다.

텐트에서 듣는 빗소리. 그 생각만 하면 심장이 두근두근 뛴다.

텐트 속에 있는 나를 흠뻑 적셨던 푸른 비.

감히 말하지만 텐트에서 듣는 빗방울 소리는 지상에서 가장 아름다운 소리다.

잠을 부르고, 휴식을 부르는 소리다.

상처 받은 영혼을 부드럽게 어루만지는 위로의 소리다.

여름

아침, 그리고 사슴과 나

멀리서 기적이 울었다. 그 소리에 잠에서 깨어 텐트 문을 열었다. 햇살도 닿지 않는 숲에 누군가 있었다. 사슴 한 마리가 가만히 풀을 뜯고 있었다. 나는 침낭 속에 누워 턱을 괸 채 녀석을 바라봤다. 누군가의 시선이 자신에게 꽂혀 있다는 것을 느꼈는지, 녀석도 나와 눈을 맞췄다. 그 눈망울이 선했다. 우리는 그렇게 오랫동안 눈을 맞춘 채 캐내디언 로키의 아침을 맞았다.

0.5평의 행복

죄를 지어 감옥에 간 죄인 가운데 감옥에서 다시 범죄를 저지르면 갇히는 방이 있다. 징벌방이다. 그중에서도 빛이 하나도 들어오지 않는 독방을 '먹방'이라 부른다. 이곳에 갇힌 죄수에게 허락된 공간은 0.5평. 류관순 열사가 갇혔던 서대문 형무소의 독방은 높이 1.4미터, 가로세로 각 1미터다. 누울 수도 설 수도 없는, 인간에게 주어지는 가장 비참한 공간이다.

그러나 나에게 0.5평은 자유를 의미한다. 나를 자연으로 안내하는 탈출구다. 누우면 머리와 발끝이 양 끝에 닿고, 앉을 수는 있지만 설 수는 없는 나의 작은 텐트. 여기는 나만의 천국이다. 내가 자연과 소통하고 싶을 때면 기꺼이 자신의 품을 내어준다.

이 작은 방에서 자연이 들려주는 소리를 듣는다. 아침마다 찾아오는 산새들과 개울을 돌아가는 물소리, 한 생애를 살다가 툭- 하고 짧게 하직인사를 하는

낙엽, 또는 내 이웃의 소곤소곤 속삭이는 소리까지 들려준다. 신록을 가르며 내리는, 곱게 빗질한 햇살 한 올도 허투루 보내지 않고 끌어들인다. 그 안에서 뒹굴며 책을 읽고, 커피를 마시고, 음악을 듣는다. 그 안에서 시작도 끝도 없는 상상의 세계와 독대하고, 생각의 자리를 우주의 저 먼 곳까지 넓혀본다.

내 작은 텐트에는 물고기가 한 마리 산다. 이 물고기는 텐트 천장에 붙어 있다. 2개의 폴이 교차하면서 텐트에 만드는 포물선. 나는 이것을 물고기라 부른다. 이 물고기는 푸른 하늘과 숲을 바다 삼아 헤엄친다. 녀석은 매일 밤 내 머리맡을 찾아온다. 녀석이 하늘로 비상하면 나도 꿈꾸기 시작한다. 녀석의 꼬리를 잡고 상상의 나라로 들어간다. 그곳에는 시간도 없고, 공간도 없다. 그저 나란 존재만이 있을 뿐이다. 그곳에서 내가 원하는 세상, 내가 만나고 싶은 사람, 내가 꿈꾸는 일들을 모두 불러와 은밀한 대화를 나눈다. 이 즐거움 때문에 가끔은 '독방행' 을 꿈꾼다.

강물, 주저리주저리 흐르는 오래된 그리움

인제 방태산 자연휴양림에 도착한 것은 해거름 무렵이었다. 벌써 야영장으로 가는 비포장도로에는 어둠이 내려서고 있었다. 제1야영장에 일찍 자리를 잡은 캠퍼들은 저녁을 준비하느라 분주했다. 화로에는 알맞은 높이로 불꽃이 일었고, 아이들은 모닥불을 쬐며 캠핑의 즐거움을 나누었다. 야영장을 감싸고 쏜살같이 흘러가는 계곡물에도 저녁노을처럼 불빛이 물들었다.

제2야영장에도 몇 팀이 자리를 잡고 있었다. 며칠 전 폭우가 내린 탓에 계곡물 흘러가는 소리가 벼락 치듯 했다. 가급적 계곡에서 멀리 벗어난 곳에 사이트를 꾸리려 했지만 별반 신통치가 않았다. 계곡물 소리는 피한다고 피할 수 있는 수준이 아니었다. 어쩔 도리가 없었다. 이런 날에는 볼륨을 높인 TV를 켜놓고 잠들었다고 여기는 수밖에 없다.

숲은 짙은 어둠에 휘감겼다. 방태산은 낮에도 무섬증이 일 만큼 숲이 깊다. 나는 이 깊은 숲 때문에 방태산을 이 땅에서 가장 깊은 산이라고 주장한다. 높이로 따지면 방태산은 지리산의 어깨밖에 안 된다. 그러나 어느 곳을 들머리로 잡아도 숲은 깊고, 계곡은 끝이 없다. 아침나절밖에 밭을 갈지 못할 만큼 해가 짧다는 아침가리골이나 산 중턱에 자리해 존재조차 몰랐던 개인동이 방태산의 깊은 품을 말해준다.

방태산은 언제 찾아도 좋다. 신록이 물드는 봄이나 오늘처럼 계곡이 야단법석을 부리며 흘러가는 여름이나, 낙엽이 이불처럼 쌓이는 가을, 함박눈이 가득한 겨울, 계절마다 모습을 달리하며 아름다움을 뽐낸다. 특히, 여름엔 이곳보다 좋은 피서지가 없다. 계곡물에 발을 담그면 정확히 열을 세기가 힘들다. 그만큼 차갑고 시리다. 숲은 두말할 필요가 없다. 그 숲에 들어앉아 있으면 불볕더위니 삼복이니 하는 말은 딴 세상에서 들려오는 소식처럼 여겨진다.

방태산을 감싸고 도는 강줄기가 있다. 내린천이다. 오대산에서 발원하는 이 물줄기는 방태산을 한 바퀴 빙빙 돌아 인제읍을 거쳐 소양강으로 흘러간다. 지금은 누구나 쉽게 찾는 강이지만 한때는 여행 마니아 아니면 꿈도 꾸지 못하던

시절이 있었다. 그리 오래전 일도 아니다. 불과 십 년 전만 해도 홍천 살둔에서 인제 미산리로 가는 길이 막혀 있었다. 차로 가려면 얼추 이백 리를 돌아가야 했다. 그보다 십 년 전에는 살둔으로 가는 길도 없었다. 창촌에서 살둔까지 강을 따라 서너 시간을 걸어가야 했다. 그 시절 잡지사 선배들은 술자리를 가질 때면 교교한 달빛을 받으며 강물을 따라 살둔마을로 가던 무용담을 들려주곤 했다. 그것은 하나의 전설이었다. 선배들의 이야기를 듣고 있다 보면 내가 내린천을 걷는 기분이었다.

십여 년 전의 일이다. 오지마을 취재차 개인동을 찾은 적이 있었다. 당시 미산리에서 개인동까지는 비포장길로 7킬로미터를 가야 했다. 길이 어찌나 구불텅하고 비좁던지 식은땀이 줄줄 흘렀다. 지금도 소심한 사람들은 운전대 잡기가 겁이 나는 곳이 개인동 가는 길이다.

그렇게 힘들게 찾아간 개인동에서 하룻밤을 보냈다. 예나 지금이나 몇 가구 살지 않는 덕에 저녁이 되자 객꾼들이 몰려들었다. 이런저런 이야기를 하며 술추렴을 하는데, 뜬금없이 마을 노인이 박인식을 아느냐고 물었다. 박인식이 누구인가. 월간지 〈사람과 산〉을 창간한 장본인이자 당대를 주름잡았던 풍류가

이지 않은가. 당시 산악계에서 그를 모르면 간첩이었다. 당연히 그를 안다고 하자 노인은 잠시 허공을 바라보더니 옛이야기 한 토막을 꺼냈다.

십오륙 년 전이라고 했다. 해가 뉘엿뉘엿 넘어가고 있는데, 젊은 사람이 큰 배낭을 메고 개인동으로 올라왔다. 당시만 해도 개인동은 심마니나 산채꾼만이 찾던 오지 중의 오지였다. 특히, 외지인이 여기까지 온다는 것 자체가 드문 일이어서 마을 사람들은 그를 '서울 손님'이라며 크게 환대했다. 요즘 같으면 민박 요금에 밥값까지 톡톡히 받았겠지만 일절 돈 한 푼 받지 않고 밥과 술에, 잠자리까지 제공했다.

노인은 박인식과 밤이 이슥토록 산골살이의 애환을 나눴다. 경상도 사투리를 쓰고 눈이 사슴처럼 순한 서울 손님은 말수가 적어 잠자코 듣기만 했고, 이야기는 노인이 도맡았다. 노인은 자신의 이야기에 취해 거짓부렁도 덧붙였다. 젊은 시절에 아이 장딴지만 한 산삼을 캤다거나, 동자삼 뽑은 자리에서 개인약수가 솟았다는 것 등이 노인이 지어낸 이야기였다. 그때도 서울 손님은 빙그레 미소만 띨 뿐 토를 달지 않았다.

다음날 서울 손님은 개인약수까지 들렀다가 개인동을 떠났다. 노인은 그게 서울 손님과의 인연의 끝인 줄 알았다. 한 달쯤 지났을까. 우편배달부가 두툼한 우편물을 전해 주고 갔다. 우편물에는 잡지가 한 권 들어 있었다. 노인은 잡지를 뒤적이다 깜짝 놀랐다. 잡지 속에 자신의 모습이 떡하니 있었던 것이다. 그리고 개인약수와 개인동 사진도 있었다. 노인은 기사를 읽기 시작했다. 박인식이란 기자가 쓴 글에는 그날 밤 자신이 말했던 이야기가 고스란히 실려 있었다. 그후 잡지는 노인에게 가보가 됐다.

노인은 서울 손님이 다시 오기를 기다렸다. 노인은 서울 손님에게 당시 자신이 지어낸 이야기가 있었노라고, 책에다 자신의 이야기를 실어줘서 고맙다고 인사하고 싶었다. 그러나 서울 손님은 다시 오지 않았다. 노인은 이야기를 마무리하며 혹시 서울에서 그를 만나면 개인동에 꼭 한번 와달라는 말을 전해달라고 했다.

내가 내린천에 빠져들기 시작한 것은 그때부터다. 이제는 전설이 된 선배들의 발자취를 따라 다니는 게 마냥 즐거웠다. 선배들이 들려줬던 무용담이 거짓이 아님을 확인하는 일은 즐겁고도 짜릿했다. 무엇보다 이렇게 맑고 고운 강을

더듬고 있다는 것이 행복했다. 강을 따라가다 지치면 강물 곁에 텐트를 치고 밤을 보냈다. 지금이야 정해진 곳이 아니면 야영을 할 수 없지만 그때는 어디고 먼저 자리를 잡는 사람이 임자였다.

강물 곁에 텐트를 치면 재잘거리며 흘러가는 강물 소리가 자장가처럼 포근하게 들린다. 얕은 여울목에선 강물이 조약돌에 미끄러지는 소리도 들린다. 강의 상류를 향해 거슬러 올라가는 피라미들이 수군거리는 소리를 들었다고 허풍을 쳐도 부끄럽지 않은 게 내린천이다. 강변에 친 텐트 안에 있으면 세상의 모든 소리가 몰려온다. 그 소리는 하나같이 평화롭고, 어머니 손길처럼 따뜻하다. 세상 그 어디에서도 받은 적이 없는 따뜻한 위로가 느껴진다.

내린천을 오가는 길이 나고, 차들이 강변을 따라 질주해도 그곳에는 아직 사랑할 것이 많다. 강물이 감싸듯이 흘러가는 살둔에는 지금도 오지의 정취가 남아 있다. 주인이 바뀌면서 이제는 함부로 드나들 수 없는 곳이 됐지만 귀틀집으로 지은 살둔산장의 고즈넉한 자태도 여전하다. 아이들이 모두 떠나 폐교된 살둔분교에는 '반공방첩'을 써 붙인 판자교실이 남아 있다. 산삼 뽑은 자리에서 약수가 솟았다는 개인약수는 또 어떤가. 개인동까지 가기도 수고스럽지만

마을에서 1.4킬로미터를 더 걸어가야 하는 길도 만만치 않다. 누군가는 개인약수가 물이 좋아서 병을 고치는 게 아니라 약수터까지 오르내리다가 건강을 찾는 것인지도 모른다고 했다.

어쨌거나 힘들게 올라가 마시는 약수 한 잔, 내장까지 후련하다. 약수도 약수려니와 한낮에도 햇살 한 올 허락지 않는 짙은 숲과 이가 부딪칠 만큼 차가운 계곡물이 있어 그곳이 그립다. 그 그리움은 삼복더위가 기승을 부릴 때면 더욱 짙어질 것이다.

푸른 비의 초대장

비가 오는데 캠핑을 간다고?

비가 온다는 예보가 내린 날 캠핑을 간다고 하자 모두가 어이없어한다. 나는 그들의 마음을 십분 이해한다. 빗물이 스며들어 질척한 바닥에 떠 있는 텐트와 눅눅한 침낭과 옷가지, 무엇보다 비를 맞으며 텐트를 치고 걷을 때의 곤혹감은 누구라도 맞닥트리고 싶지 않을 것이다.

그러나 하나는 알고 둘은 모르는 소리다. 캠핑의 운치는 비 오는 날에 살아난다. 텐트에서 듣는 빗소리, 그 생각만 하면 심장이 두근두근 뛴다. 텐트 속에 있는 나를 흠뻑 적셨던 푸른 비. 감히 말하지만 텐트에서 듣는 빗방울 소리는 지상

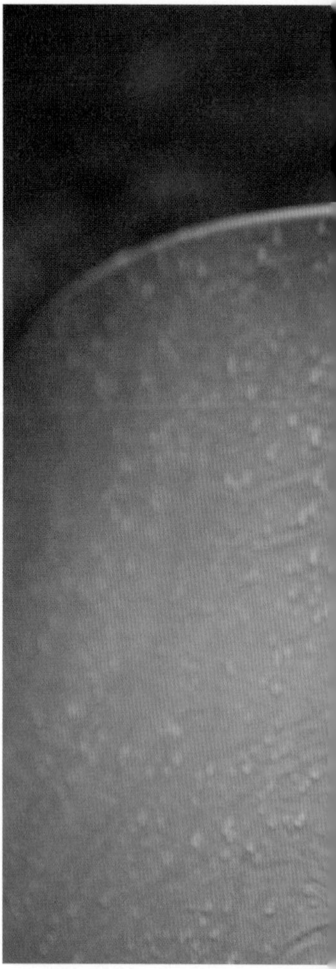

에서 가장 아름다운 소리다. 잠을 부르고, 휴식을 부르는 소리다. 상처 받은 영혼을 부드럽게 어루만지는 위로의 소리다.

텐트 안에서 가만히 눈감고 들어보라. 텐트 지붕에 타닥타닥 떨어지는 빗방울 소리가 마음 깊은 곳까지 파고든다. 그 소리에 점점 취하면 나와 하늘을 경계 짓고 있던 텐트가 불현듯 사라져버린다. 빗줄기는 아무런 걸림도 없이 내 얼굴에, 몸에 사정없이 떨어진다. 푸른 비가 몸을, 마음을 홀딱 적셔버린다. 빗방울이 튈 때마다 내 몸의 감각이 모두 살아나 움찔움찔한다.

빗소리는 일정치 않다. 내리는 빗줄기에 따라 마치 한 편의 교향곡을 연주하는 것처럼 달라진다. 조근조근 내리는 가랑비는 클래식 기타를 뜯는 것처럼 부드러운 리듬감이 있다. 그러나 빗줄기가 굵어지면 쇼팽의 '겨울바람' 처럼 텐트를 건반 삼아 사정없이 두들겨댄다. 여기에 나뭇가지에서 뭉쳐진 굵은 빗방울이 떨어질 때는 심벌즈를 맞부딪치는 것처럼 둔중하면서 강렬한 울림이 있다.

비의 속삭임을 듣기 위해서는 작은 성의를 보여야 한다. 우선 비 오기 전에 떠난다. 비가 내리기 전에 모든 준비를 단단히 해놓아야 한다. 텐트는 빗물이 스미지 않는 자리를 고른다. 텐트를 칠 때는 천이 찢어질 만큼 팽팽하게 당겨 놓아야 한다. 텐트 안에는 읽고 싶었던 책 한 권을 펴놓는다. 라디오는 듣고 싶은 채널에 맞춰둔다. 머그잔에 맛있는 커피까지 담아두었다면 대충 준비는 끝난 셈이다. 이제 빗소리에 젖을 일만 남았다. 한 가지 더, 되도록이면 혼자 가라. 푸른 비는 혼자라야 흠뻑 젖을 수 있다.

무지개를 쫓는 소년

비 온 하늘에 무지개가 걸렸다. 한눈에도 신비롭고 아름다운 무지개였다. 소년은 무지개를 갖고 싶었다. 소년은 무지개를 잡아오겠다며 엄마에게 작별인사를 하고 길을 떠났다. 엄마는 그런 소년을 눈물로 배웅했다. 소년은 숲과 들과 산과 강을 건넜다. 그러나 무지개는 잡히지 않았다. 소년이 한 걸음 다가가면 무지개는 한 걸음 물러났다. 소년이 지쳤을 때 무지개는 한 걸음 더 다가왔다. 그러나 소년이 용기를 내면 무지개는 다시 뒷걸음질 쳤다. 소년은 많은 소년들을 만났다. 그들도 무지개를 찾아 나섰던 것이다. 그러나 무지개를 잡은 소년은 없었다. 소년은 그들을 뒤로하고 마지막 용기를 내서 무지개를 향해 나아갔다. 하지만 무지개는 더 멀리 달아났다. 소년은 한 걸음도 더 나아갈 수 없을 만큼 지쳤다. 소년은 무지개를 잡을 수 없다는 것을 깨달았다. 그러자 소년의 검은 머리는 백발이 됐고, 동안의 얼굴에는 주름이 성겨 있었다.

— 김동인의 '무지개' 줄거리

한 사내가 있었다. 그는 길이 좋았다. 세상을 향해 열린 길을 걷는 게 좋았다. 사내는 세상의 모든 길을 걷고 싶었다. 산으로, 바다로, 숲으로, 미처 알지 못했던 어느 문명으로 이어진 길을 걷고 싶었다. 그는 인생도 먼 우주에서 지구라는 낯선 별로 떠나온 여정이라고 여겼다.

사내는 길을 걷는 데 주저함이 없었다. 그의 몸은 젊고 탄력이 넘쳤다. 그의 눈은 낯선 곳을 향한 욕망으로 이글이글 불탔다. 그에게 한계는 없어 보였다. 오르지 못할 산이 없었고, 가지 못할 곳이 없어 보였다. 때로는 고통조차 자신이 선택한 길을 가기 위한 동행이라 믿었다. 가족이 있었지만 새로운 길을 향한 그의 동경이 우선이었다.

아이가 태어났고, 그 아이의 발가락과 자신의 발가락이 닮았다는 사실을 깨달은 뒤, 그는 길을 떠나는 것을 조금 망설였다. 아이를 두고 길을 나서는 것은 이전까지 겪어보지 못했던 아픔을 안겨주었다. 그래도 사내는 길을 나섰다. 그는 여전히 길을 숙명으로 받아들였다. 이별의 아픔 없는 길은 없다고 생각했다.

언제부터였을까. 사내의 걸음걸이가 무뎌지기 시작했다. 한창때는 작아 보였던 배낭도 힘에 부쳤다. 길을 가다 걸음을 멈추는 일이 잦아졌다. 뒤를 돌아보는 시간도 많았다. 사내는 너무 멀리 왔다고 생각했다. 이제 돌아갈 때가 됐다고 여겼다.

그가 집으로 돌아왔을 때 한 청년이 맞아주었다. 청년의 몸은 사내가 젊었을 때처럼 우람하고 탄력이 넘쳤다. 청년의 눈은 생기가 넘쳤다. 한 여인이 청년 곁에 다가와 섰다. 처녀 적에 눈매가 서글서글했던 여인은 중년의 고개를 넘어서고 있었다. 여인은 초라한 몰골의 사내에게 따스한 미소를 보냈다. 사내는 여인과 청년의 품에 안겼다. 사내는 비로소 길의 종착점에 닿은 것이다.

내 안에 물고기가 산다

아들 녀석은 잠들어 있다. 나는 몰래 텐트를 빠져나왔다. 캠핑장에는 어둠이 가득하다. 낚싯대를 챙겨서 강으로 향한다. 급류를 타고 흘러가는 강물 소리에서 한기가 묻어난다. 아무리 여름이라고 해도 신새벽에 강물에 발을 담그는 일이 꼭 즐겁지만은 않다. 그러나 어쩌랴. 손맛을 보려면 새벽이 최적의 시간인 것을. 동트기 전과 해질 무렵에 물고기의 먹성이 가장 활발하다는 것쯤은 초보 낚시꾼도 안다.

강물 속에 누군가 있다. 물살이 세차지는 강의 한가운데서 누군가 하류를 향해 낚싯대를 드리우고 있다. 아마도 그는 밤새 그렇게 있었던 것처럼 보인다. 진정한 꾼이다. 푸른 여명 속의 그는 미동도 않고 앉아서 찌만 노려보고 있다. 그의 존재를 확인하는 것만으로도 새삼 낚시의 즐거움이 느껴진다.

캐스팅을 한 지 얼마 지나지 않아 입질이 왔다. 나는 이 느낌이 좋다. 물고기가 미끼를 물 때 전해지는 경쾌한 당김이 참 좋다. 온몸의 말초신경이 곤두서서 오직 물고기의 입질에만 집중된다. 이건 몰입이다. 이 순간은 나의 모든 감각과 신경이 오직 하나, 물고기에게 향하는 물아일체의 순간이다.

입질은 결정적인 순간, 챔질로 이어진다. 물고기의 주둥이에 바늘이 확실히 꽂히도록 비호처럼 낚싯대를 낚아챈다. 낚싯대를 낚아채는 속도는 생각의 속도보다 빨라야 한다. 낚싯대 초리가 까닥이면 무조건반사로 챔질을 해야 한다. 할 수 있다면 빛의 속도보다 빨라야 한다. 그 찰나의 순간이 낚시의 운명을 가른다. 물고기의 생과 사가 그 찰나에 결정된다.

챔질에 성공하면 물고기와의 한판 힘겨루기가 시작된다. 나와 물고기는 팽팽하게 당겨진 낚싯줄이 수면을 뚫고 들어간 물속 어딘가에서 마주한다. 비록 서로를 볼 수는 없지만 나와 물고기는 온몸의 감각을 동원해 서로를 느낀다. 지상에 존재하는 모든 것이 다 지워지고, 미끼를 문 물고기와 나만이 존재하는 기분이라면 이해할 수 있을까.

미끼에서 벗어나려는 물고기의 움직임이 얇고 투명한 낚싯줄에 고스란히 전

해진다. 물고기가 도망치기 위해 꼬리지느러미를 튕길 때의 파동도, 물고기가 바위틈을 향해 사력을 다해 머리를 박을 때의 몸부림도 낚싯줄을 타고 온다. 물고기의 저항이 느껴지면 내 안의 수렵 본능도 깨어나 눈을 번뜩이게 한다. 심장을 쿵쾅쿵쾅 뛰게 한다.

이건 희열이다. 내 몸의 감각을 모두 일깨우는 희열이다. 이 희열은 물고기의 저항이 거세질수록 더 벅차오른다. 일찍이 내가 이처럼 생명체와 하나의 끈으로 연결되어 있다는 것을 느껴본 적이 있던가. 미끼를 문 것은 물고기가 아니다. 나를 둘러싼 강과 산과 대지와 바다와 하늘이다. 생명의 근원인 자연이다. 낚싯줄은 자연이 내게 보내는 싱싱한 피를 실어 나르는 핏줄이다. 나를 잉태한 자연과 연결된 탯줄이다.

팽팽히 당겨진 낚싯줄의 긴장은 어느 순간 균형이 깨진다. 물고기가 저항을 포기한 것이다. 물고기는 제 안의 모든 힘을 다 쓰고 나면 항복을 선언한다. 낚싯줄을 감아도 순순히 딸려온다. 물고기가 물 밖으로 모습을 드러내면 나의 번뜩거리던 눈도, 마음속 긴장의 끈도 탁 풀어지고 만다. 물고기가 저항을 포기한 순간 승부는 끝난 것이다. 남은 것은 잡은 물고기를 확인하는 절차뿐이다.

가쁜 숨을 몰아쉬며 절망에 찬 눈빛을 보내는 물고기를 바라보는 일은 안쓰럽다. 물고기는 두려움에 바르르 몸을 떤다. 이 두려움은 먹이사슬의 정점에 있는 인간은 상상조차 할 수 없는 것이다. 그러나 물고기가 할 수 있는 저항은 아무것도 없다. 물고기를 거둘 것인가, 아니면 자연으로 돌려보낼 것인가에 대한 처분은 온전히 나의 몫이다. 내가 물고기의 생사여탈권을 쥐고 있는 것이다. 이 순간만큼은 나 자신이 조물주와 버금가는 존재다.

어쩔 것인가. 물고기의 명줄을 끊고 싶은 욕망이 불쑥 고개를 내민다. 그러나 그 욕망을 애써 누른다. 물고기 입에 걸린 바늘을 조심스럽게 뺀다. 물고기가 꼬리를 치며 단말마의 저항을 한다. 나는 녀석을 가만히 물에 놓아준다. 물고기는 중심을 잡지 못한다. 지금 물고기에게는 지느러미를 까닥일 힘조차 남아 있지 않을 것이다. 한동안 비틀거리던 녀석이 다시 힘을 낸다. 몸이 똑바로 서면서 꼬리지느러미를 경쾌하게 친다. 물 만난 고기로 돌아온 것이다. 물고기는 천천히 나의 시야를 빠져 나간다. 강물의 깊은 품을 찾아 떠난다.

먹고 먹히는 먹이사슬이 지배하는 자연계에서 인간은 신과 동급으로 군림한다. 인간이 마음먹으면 못 할 것이 없다. 그러나 인간의 세계로 돌아오면 그 먹이사슬은 역전된다. 자연계에서 절대적인 지위를 점유하던 한 인간도 인간세계에서는 아주 나약한 존재에 지나지 않을 때가 있다.

문명의 도시에는 우리의 명줄을 잡고 있는 숱한 절대자가 존재한다. 그들은 사회적 관계, 인간 내에 존재하는 먹이사슬에서 정점에 있는 사람, 혹은 권력이다. 대부분의 우리는 그 사람, 혹은 권력 앞에 나약하다. 물고기의 생사여탈권을 쥔 절대자였던 내가 약육강식의 논리가 지배하는 정글 같은 사회의 먹이사슬에서는 가장 낮은 단계를 차지한 채 누군가의 처분만을 바라고 있는지도 모른다. 그래서 관대해져야 한다. 내가 부린 만용은 언젠가 부메랑이 되어 다시 내 목을 겨눈다.

물고기를 보내고 나면 뿌듯하다. 한 생명을 다시 자연으로 돌려보낸 스스로가 대견스럽다. 물론 빈 바구니로 캠핑장에 돌아가면 아들 녀석은 입을 삐죽 내밀 것이다. 그동안 쌓아온 아빠의 능력도 보잘것없어질 것이다. 그래도 좋다. 오늘 한 생명을 살린 것만으로도 충분하다. 그러나 낚시를 포기할 수는 없다. 챔질을 하는 순간, 낚싯줄을 타고 전해지는 물고기의 탄력 넘치는 저항을 어찌 잊을 수 있을까. 이 손맛에 중독되면 죽을 때까지 낚시에서 헤어날 수 없다.

노을, 꿈꾸는 시간

이 시간이 가장 행복하다. 서편 하늘을 감색으로 물들이는 석양에 가슴까지 노을로 홀딱 젖는 이때. 석양은 이제 하루를 마감할 시간이라고, 돌아가 휴식의 기쁨을 누리라고 넌지시 일러주고 바닷속으로 침몰한다. 그 석양을 보내며 사람들은 숙연해진다. 하루가 지나간 세월로 묻히는 시간에 대한 진한 아쉬움을 느낀다.

미국 서부 뉴멕시코의 사막 한가운데서 잠든 적이 있다. 한여름에는 기온이 오십 도에 육박하는 열사의 땅이다. 대지를 바싹 말려버리던 태양의 최후는 화려했다. 오렌지빛으로 타오르는 석양은 핵폭발 뒤의 섬광처럼 강렬했다. 눈을 뜰 수 없을 정도였다. 선인장도, 대지도, 바위도, 하늘도 온통 붉게 물들었다. 숨이 막혔다. 일찍이 이런 노을은 본 적이 없었다.

그러나 공허했다. 무엇이 빠져 있는 느낌이었다. 그 황량한 사막에 인기척이

라고는 찾아볼 수 없었다. 사람의 마을이 보이지 않았다. 사막은 그저 수평선처럼 아득했다. 느리게, 아주 느리게 내려앉는 공기는 주눅 들 만큼 무거웠다. 생명이 움트기 전, 사십억 년 전의 지구에서 맞는 석양처럼 아득한 기분. 그날 사막에는 영혼이 미라처럼 말라버린 나 혼자 있었다.

태안의 바닷가 청포대. 이곳에서 지는 석양은 위협적이지 않다. 사막의 석양처럼 활활 타오르는 일도 드물다. 오늘처럼, 초등학교 앨범 속 사진처럼 빛이 바랠 때가 많다. 때로 수평선에 닿지도 못한 채 사그라질 때도 있다. 그러나 청포대에서 보내는 석양은 따뜻하다. 인간적이다. 사람의 향기가 있다. 그곳에는 석양을 보내러 갯벌을 따라간 아이들이 있다. 오늘 하루 어부가 되어 갯벌을 헤집고 다니는 가족이 있다. 손을 놓으면 영영 이별할 것 같은 애틋한 연인이 있다. 뱃일을 마치고 돌아오는 어부가 있다. 등대처럼 하나 둘씩 피어나는 섬마을의 불빛이 있다. 그곳에 우리가 사랑하는 노을이 있다.

제도권 교육의 우산을 쓰고 자란 나에게 그림이나 예술 같은 것은 참 먼 이야기였다. 지금도 비슷하겠지만 학창시절의 미술 수업은 '느낌' 이나 '공감' 과는 거리가 멀었다. 누가, 어떤 사조의 영향을 받아 그린 그림이란 것만 달달 외

면 될 뿐이었다. 그때 우리는 자연스럽게 그림에서 멀어지는 교육을 받았다. 그럼에도 명작은 존재했다. 그 작품에 대한 배경이나 화가에 대해 전혀 알지 못해도 마음이 끌리는 그림이 있었다. 이를테면 밀레의 '만종' 이 그런 그림이다.

'만종' 은 관람자를 다독이는 힘이 있다. 뒤에서 가만히 어깨를 그러안아주는 위로가 있다. 그림 속에는 어떤 저항도 거부하는 차분한 평화가 흐른다. 이것을 마음의 안식이라 불러도 좋다. 석양이 세상을 감색으로 물들인 저녁, 고단한 하루 일과가 끝났음을 알리는 교회의 종소리를 들으며 부부는 기도를 올린다. 그 기도는 절대자를 향한 순종이자 풍요로운 대지에 대한 감사다. 또 수고스러운 하루를 보낸 서로에게 건네는 사랑이기도 하다. 적어도 우리는 그 그림에서 그런 공감대를 얻는다.

'만종'에 흐르는 이 같은 평화와 안식은 어디서 오는 걸까. 나는 시간이라 본다. 저물녘이란 시간적 배경이 그토록 깊은 평화를 길어내는 것이다. 석양이 끌고 오는 어둠은 휴식의 또 다른 이름이다. 온종일 노동에 시달린 이들에게 석양은 그만 일손을 놓아도 좋다는 허락의 의미다. 이제 집으로 돌아가 사랑하는 가족과 오순도순 이야기를 나누며 저녁을 먹으라는 메시지다. 단언컨대, 저녁이란 시간적인 배경이 없었다면 '만종'은 존재하지 않았을 것이다.

아쉽게도 오늘도 청포대의 저녁놀은 조금 불타다 만다. 하늘과 바다가 한 빛이 되어 붉게 물들기를 바랐지만, 마음뿐이다. 그래도 우리 자신에게, 자신과 인연을 맺은 누군가를 다독이기에 충분한 노을이다. 노을 속의 우리 모두는 기적 같은 하루, 찰나처럼 짧거나 영원처럼 긴 하루를 보낸 아름다운 영혼들이다.

북위 50도, 여름에 대한 짧은 기록

사람들이 묻는다.

세상에서 가장 좋았던 곳이 어디냐고.
어디에서 캠핑을 할 때 가장 행복했냐고.

그 질문에 대한 나의 대답은 이렇다.

북위 50도의 여름.

질문이 이어진다.

북위 50도? 그곳에는 뭐가 있는데요?

시베리아와 알래스카.

춥지 않나요? 거긴 동토의 땅이잖아요?

그들의 오해에 나는 두 가지 짧은 여행의 기록을 들려주는 것으로
북위 50도의 여름에 대한 찬사를 대신한다.

바이칼, 영혼을 비추는 호수

그때는 왜 그런 무모한 여행을 했을까. 사회주의 몰락 이후 러시아가 갈 길을 몰라 방황하던 시절. 나는 아내와 시베리아 횡단 열차를 타겠다는 야심찬 계획을 세웠다. 모스크바에서 블라디보스토크까지 이어진 9,200킬로미터의 기찻길. 기차를 타고 꼬박 일주일을 달려가야 끝나는 지상에서 가장 먼 여정을 떠나기로 작정한 것이다.

러시아에서 우리의 여행은 뒤죽박죽이었다. 단 한 마디의 러시아말도 하지 못하는 우리가 살아서 러시아를 빠져나온 것 자체가 기적이었다. 물론 아내와 나 사이에는 나타샤가 있었다. 사할린이 고향인 러시아 교포 3세의 아리따운 처녀. 그녀도 시베리아는 처음이었고, 여행 내내 우리만큼 당황했다.

좌충우돌하며 천신만고 끝에 바이칼 호수까지 찾아갔다. 시베리아의 진주라 불리는, 지상에서 가장 아름다운 호수. 아니, 바이칼은 바다였다. 남북으로 400

킬로미터, 폭이 80킬로미터나 되는, 세계 담수량의 5분의 1을 차지하는 바다였다. 그곳에는 20여 개의 섬이 있고, 336개의 하천이 흘러든다. 가장 깊은 곳의 수심은 1,742미터.

앙가라 강에서 배를 타고 네 시간. 배는 바이칼 호수의 인적 끊긴 언저리에 닿았다. 이곳의 이름은 부흐타 파스차나야. 뱃길 아니고는 갈 수 없는 지상의 가장 먼 곳이었다. 그곳에서 사흘을 보냈다. 유리알처럼 투명한 바이칼 호수의 물을 마시고, 그 물로 세수를 하고, 그 물로 목욕을 했다. 우주에서 보면 지구의 파란 눈처럼 보인다는 그 맑은 호수. 물빛은 영혼까지 비출 만큼 맑았다.

그때 우리에게 인연의 손을 내민 이들이 있었다. 라리사와 루바. 이르쿠츠크 인형극장 사장과 직원인 두 할머니가 그곳으로 캠핑을 온 것이다. 그들과 이틀 밤을 지새웠다. 낮에는 낮잠과 사우나로 시간을 보내고, 밤에는 모닥불을 피워 어둠을 밝혔다. 라리사와 루바가 요리한 오물(바이칼 호에 사는 물고기) 훈제에 보드카를 마셨다.

호수처럼 파란 하늘 위로 달이 기우는 밤. 나는 라리사와 루바에게 아리랑을 들려줬다. 느리게, 달의 걸음걸이처럼 느릿느릿 아리랑을 불렀다. 그때 눈물이 핑 돌았던 것은, 아무래도 여행이 너무 길었던 탓이리라.

알래스카, 영영 어두워지지 않을 것 같던 백야

여기는 알래스카 해안의 작은 마을. 마을은 미국 독립기념일에 맞춰 축제 분위기에 들떠 있었다. 밤 열 시가 다 됐지만 세상은 초저녁처럼 환했다. 백야의 땅에서 시간을 따지는 것은 무의미했다.

바다 건너 빙하를 이고 있는 산 위에서 불꽃놀이가 펼쳐졌다. 나는 해변을 따라 활처럼 휘어져 나간 언덕에 있었다. 그곳에 내 영혼의 안식처, 텐트를 치고 북극의 밤이 깊어가는 것을 지켜봤다.

처음부터 그 해안에 자리를 잡으려는 마음은 없었다. 그리즐리(회색곰)를 따라 정신없이 해변을 거닐다 마을로 돌아가는 중이었다. 차가 해안 모퉁이를 돌아설 때였다. 나도 모르게 급브레이크를 밟았다. 그러고는 한참을 미동도 없이 앉아 있었다.

어찌 저리도 아름다울 수 있을까.

뭐랄까. 현실에는 존재하지 않을 것 같은 마을이 내 눈앞에 펼쳐졌다. 그것은 누구나 가보기를 소망하는 동화의 마을 그대로였다.

백야의 하늘 아래 여름에도 흰 눈을 이고 있는 산들이 배경처럼 서 있었다. 그 산 아래 전나무들이 어울린 숲이 울타리가 되어 마을을 감쌌다. 바다에서 한 계단씩 언덕을 오르며 자리한 집들에서는 불빛이 하나 둘씩 피어났다. 바다는 비단처럼 잔잔했고, 세상은 조용했다. 영영 어두워지지 않을 것 같은 백야의 밤만이 천천히, 거북이걸음처럼 느릿느릿 마을에 내리고 있었다.

나는 그 자리에 텐트를 쳤다. 캘리포니아 나파밸리 산 와인을 마시며 동화의 마을을 보고 또 보고, 원도 없이 바라봤다. 영영 어두워지지 않을 것 같던 그 백야의 밤을 하얗게 지새웠다.

또 다른 시선

커피를 마시며 재즈의 선율이 흐르는 라디오를 듣고 있을 때였다. 샌들을 신고 있는 발에서 갑작스런 통증이 느껴졌다. 정확히 왼발 엄지발가락 첫 번째 마디 부분이었다. 발가락뼈를 바늘로 후벼 파는 것처럼 아팠다. 나는 어찌할 줄 몰라서 폴짝폴짝 뛰었다.

한동안 정신을 차릴 수 없는 통증에 시달리다 나에게 이 아픔을 안겨준 녀석이 궁금해졌다. 무엇이었을까. 분명 독을 가진 생명체에게 물린 것이 분명했다. 땅벌일까. 독거미는 아닐까. 혹시 쐐기가 깨문 것은 아닐까. 그러나 빨갛게 부풀어 오른 상처만 가지고서는 녀석의 실체를 알 수가 없었다.

통증은 의외로 길고 오래갔다. 텐트에 누웠을 때도 욱신욱신 쑤셨다. 무엇이었을까, 나를 이렇게 고통스럽게 만든 존재는. 왜 나를 공격했을까. 나는 어떤 적의도 드러내지 않았는데, 왜 나를 표적으로 삼은 것일까.

생각이 여기에 미쳤을 때 나는 멈칫했다. 나는 과연 나를 문 벌레에게 적의를 드러내지 않았을까. 나는 어둠 속에 눈길을 준 채 벌레에 물리던 그 순간으로 천천히 시간을 되돌렸다.

나는 커피를 마시며 테이블 아래에 있는 발을 경쾌하게 까닥거렸다. 라디오에서 흘러나오는 노래에 장단을 맞췄던 것이다. 어쩌면 벌레는 이런 나의 행동이 자신에게 위협을 가하는 것이라 여겼을지도 모른다.

내가 알고 있는 얄팍한 과학 상식으로는 어떤 곤충이든지 상대가 되지 않는 적에게 먼저 공격을 가하지는 않는다. 자신의 안전이 위협받고 있다고 느낄 때에만 목숨을 걸고 '방어적' 공격을 한다. 그 공격의 결과는 때로 곤충에게 치명적일 수도 있다. 단 한 번 침을 놓는 것으로 세상을 하직하는 꿀벌처럼 말이다.

세상에는 두 개의 시선이 있다. 바라보는 나와 나의 시선 속에 존재하는 또 다른 시선. 우리는 늘 바라보는 입장에서 생각한다. 나와는 다른 시선이 존재한다는 것을 모르거나 모른 체한다. 그러나 우리의 시선에 갇힌 또 다른 존재가 있고, 그의 생각은 우리와 다를 수 있다.

엄지발가락의 통증은 찌르레기 울음소리가 텐트 속에 비처럼 내리는 새벽까지 이어졌다.

내 따뜻한 이웃

"정말 괜찮으시겠어요?"

휴양림 직원은 난처한 표정을 지었다.

미천골 자연휴양림을 찾은 것은 전국에 호우주의보가 내린 날이었다. 온종일 비가 퍼부었다. 계곡물도 급하게 불어났다. 계곡물 흘러가는 소리가 어찌나 큰지 굵은 빗줄기가 내리는데도 텐트 속에서는 빗방울 듣는 소리가 들리지 않았다. 오직 급하게 쏟아져 내려가는 계곡물 소리만 귀청을 따갑게 했다.

휴양림 직원은 비가 더 내리면 다리가 잠길지도 모른다고 했다. 그러면 며칠 동안 고립될 수도 있다고 했다. 나는 잠시 망설였다. 고립되는 상황까지 맞아가며 캠핑을 하고 싶지는 않았다. 그러나 이대로 떠나는 것도 내키지 않았다. 비를 맞으며 텐트를 걷을 일이 꿈만 같았다. 또 며칠쯤 책을 보며 쉬겠다는 생각으로 왔는데, 설령 다리가 물에 잠겨 며칠을 나갈 수 없다 해도 크게 달라질

것은 없다는 생각이 들었다. 결국 나는 남겠다고 했다. 휴양림 직원은 마지막으로 식량은 충분한지 묻더니 내 휴대전화 번호를 확인한 후에 돌아섰다.

휴양림 직원이 돌아간 후 캠퍼들은 서둘러 철수를 시작했다. 당장이라도 큰 일이 날 것처럼 서두르는 것이 마치 텐트 빨리 걷기 대회를 벌이는 듯했다. 한편으로는 비에 홀딱 젖어 텐트를 걷는 모습이 측은해 보이기도 했다. 그들을 뒤로하고 다시 텐트 속으로 들어갔다. 라디오의 볼륨을 높이고 읽다 만 책을 펴 들었다.

얼마쯤 지났을까. 캠핑장이 궁금했다. 계곡물 흘러가는 소리가 워낙 컸기 때문에 텐트 안에서는 아무 소리도 들리지 않았다. 사람들은 텐트를 모두 걷었을까. 내심 궁금했다. 텐트 문을 조그맣게 열었다. 계곡을 따라 일렬로 쳐졌던 텐트가 모두 사라졌다. 그새 모두 철수한 것이다. 다들 갔구나. 왠지 허전했다.

애초부터 혼자이던 것과 사람들로 왁자지껄하다 홀로 남겨지는 기분은 사뭇 다르다. 서운하기로 치자면 뒤의 경우가 몇 배 더하다.

아쉬운 마음에 캠핑장에 한 번 더 눈길을 주었다. 그런데, 모두 떠난 게 아니었다. 처음 내가 바라봤던 곳의 반대편에 텐트 한 동이 남아 있었다. 누굴까. 아직까지 떠나지 않았다는 것은 그도 나갈 마음이 없다는 것을 의미했다. 그 텐트의 존재를 확인하자 조금은 안심이 됐다. 동지가 생긴 것이다. 사실, 귀가 멍멍할 정도로 들리는 계곡물 소리를 들으며 약간 겁을 먹은 참이었다. 안전한 곳에 텐트를 쳤다고는 하지만 계속 불어나는 계곡물을 보면서 오늘 밤 넘길 일이 걱정됐다.

그 텐트의 주인은 혼자가 아니었다. 삼십대 후반의 남자와 아내, 그리고 두 딸까지 있었다. 장비는 초보 티를 벗을 만큼 갖췄다. 폭우를 견딜 수 있도록 견고하게 사이트도 구축했고, 텐트도 방수에는 문제가 없어 보였다.

그는 왜 남았을까. 휴양림 직원의 경고를 무시한 채 이곳에 남기로 작정한 사내의 정체가 궁금해졌다. 그는 또 가족과 함께 있지 않은가. 가족과 함께 있을 때 가장은 언제나 안전을 우선 고려한다. 그런데도 그는 모두가 철수한 캠핑장에 남기로 결심했다. 왜 그랬을까. 나의 궁금증은 점점 커져만 갔다.

사내를 만난 것은 취사장에서였다. 이른 저녁을 준비하고 있는데, 그도 설거지통을 들고 나타났다.

"이거 동지가 됐습니다."
"그러게요. 저희 가족만 남은 줄 알았는데, 함께 계시니 마음이 든든합니다."

그렇게 말문을 트고 나서 우리는 저녁 준비도 미룬 채 잠시 이야기를 나눴다.

그는 동대문에서 옷 가게를 운영하고 있다고 했다. 몇 년 전부터 캠핑에 맛이 들려 동호회에 가입하고, 장비를 사들이기 시작했다. 그러나 문제는 시간이었다. 옷 장사는 하루도 쉴 수가 없다고 했다. 사람들이 대부분 밤에 쇼핑을 하기 때문에 새벽까지 장사를 하고 낮에는 잠을 자야만 했다. 주말도 예외는 아니라고 했다. 일주일에 꼬박 7일 장사를 했다. 한 달에 한 번씩 평일을 이용해 쉬는데, 그때는 밀린 잠을 자기에 바빴다. 그런 그에게 유일한 낙이 여름휴가였다.

이때만큼은 일주일쯤 휴가를 내서 캠핑을 가기로 온 가족이 굳게 약속을 했다.

사내는 이번 캠핑이 여름휴가라고 했다. 사람들로 복닥거리는 성수기를 피해 일찍 휴가를 온 것이라고 했다. 그런데 어렵게 캠핑 사이트를 구축하자마자 떠나라고 하니 그럴 수가 없었다고 했다. 지금 철수를 하면 다시 텐트를 칠 수 없다는 것이다. 그의 말은 사실이다. 텐트를 걷다 보면 모든 것이 젖기 마련이다. 그렇게 젖은 장비를 이용해 다시 캠핑 사이트를 꾸린다는 것은 불가능하다. 게다가 비가 앞으로 사흘가량 더 내릴 예정이란 일기예보도 있었다. 그래서 사내는 남기로 결심했다. 설령, 다리가 떠내려가도 일 년을 별러왔던 캠핑을 포기할 수는 없었다.

"캠핑이 그리 좋으세요?"
"예. 좋습니다. 우리 아이들 좋아하는 거 보이시죠? 제가 아빠 노릇 하는 것은 캠핑 왔을 때뿐입니다."

비는 여전히 억수같이 퍼부었다. 비가 어찌나 많이 내리는지, 나는 책을 읽으면서도, 밥을 먹으면서도 머릿속으로는 불어난 계곡을 의식하고 있었다. 가끔씩 텐트 문을 열고 수위를 확인하는 것도 빼놓지 않았다.

캠핑장에 어둠이 찾아왔다. 빗줄기는 여전했다. 계곡물은 더 불어나 있었다. 우산을 들고 계곡의 수위를 확인하고 있을 때였다. 어느 틈에 그가 곁에 와 섰다.

"괜찮겠지요?"

"그럼요. 제가 계곡 수위를 지켜보고 있는데, 안심하셔도 될 것 같습니다."

"그렇죠? 저도 계속 수위를 지켜보고 있었습니다."

우리 둘은 그런 대화를 나누며 서로를 격려했다. 분명 마음 한구석에 일말의 불안감이 도사리고 있었지만, 지금은 격려가 필요하다는 것을 잘 알고 있었다. 지금 의지할 것이라고는 서로에게 단둘뿐인 이웃이었다.

비는 밤새도록 내렸다. 애초부터 아늑한 잠은 멀었다. 계곡물 소리가 워낙 컸기 때문에 깜빡 잠이 들었다가도 그 소리에 다시 잠이 깼다. 그렇게 깨다 자다를 반복하다 끝내 까무룩 잠이 들었다.

눈을 떴다. 텐트 밖이 훤했다. 다행히 밤새 안녕이었다. 텐트에 듣던 빗방울 소리도 들리지 않았다. 텐트 문을 열었다. 자욱한 안개가 앞산에 걸쳐 있었다. 비 온 뒤라 초록이 더욱 짙었다. 그 안개를 밀치며 아침 해가 솟고 있었다.

내 텐트와 함께 캠핑장을 지킨 또 하나의 텐트 문도 열렸다. 사내의 얼굴에 미소가 번졌다. 나는 안개와 이제 막 솟아나고 있는 아침 해를 가리켰다. 사내가 말없이 고개를 끄덕였다. 하룻밤 사이에 그와 나는 절친한 이웃이 돼 있었다.

낮잠

바람이 이마를 살짝 치고 간다.
가볍다.
머리카락 몇 올이 잠깐 흔들린다.

달궈진 공기가 시속 1킬로미터의 속도로 다가온다.
달짝지근하다.
혀로 침을 굴리며 입맛을 다신다.

등줄기에 땀이 한 방울 흘러내린다.
서늘하다.
모로 누워 등짝을 넌다.

나뭇잎이 눈에 아른거린다.
눈부시다.
실눈을 뜨고 오후 햇살을 째려본다.

얼마나 잤을까. 책을 읽다가 까무룩 잠이 들었다. 등짝이 흥건하게 땀이 뱄다. 오후 햇살도 퍽이나 깊어졌다. 나무의 그늘이 텐트에 내려앉았다. 솜씨 좋은 화가가 붓으로 난을 친 것처럼 나뭇잎과 가지의 그림자가 선명하다. 그중 몇 잎은 내 얼굴에도 물들었다.

나를 제어하는 모든 감각기관이 아직 잠에서 깨어나지 못해 조금은 몽롱한 시간. 의식의 절반은 끈을 풀어놓은 채 풀린 눈으로 바라보는 세상, 달콤하다. 이렇게 넉넉하게 낮잠을 자본 게 얼마 만인가. 나는 잠에서 깨고 싶지 않았다. 온몸을 칭칭 동여맸던 긴장의 끈을 모두 풀고, 오늘 딱 하루만이라도 휴식을 허락하고 싶었다.

코흘리개 시절, 들일하는 아버지의 막걸리 심부름을 다니곤 했다. 나는 술심부름을 할 때마다 막걸리의 유혹을 뿌리치지 못했다. 주전자 꼭지를 물고 빨면 시원한 액체가 식도를 타고 내려가던 그 찌릿찌릿한 느낌을 지금도 뚜렷하게 기억한다. 술기운에 부르르 진저리를 치고 난 뒤 다시 목울대를 타고 넘어오는 달콤한 맛까지도.

그날도 홀짝홀짝 주전자 꼭지를 빨았다. 징검다리를 건너다 한 모금 빨고, 논두렁을 걸어가다 한 모금 빨고, 산모퉁이에선 밤나무 그늘을 지나다 한 모금 빨고…… 그렇게 막걸리를 홀짝거리며 아버지가 일하는 밭까지 갔다. 아버지는 주전자 뚜껑을 열어 보더니 고개를 갸우뚱했다. 주전자에 술이 왜 절반뿐이냐는 표정이었다. 나는 아무것도 모르는 것처럼 서둘러 자리를 떴다.

취기가 올라왔다. 두 걸음 떼기가 무섭게 딸꾹질이 났다. 논두렁을 걷는 걸음이 위태로웠다. 한 번은 발을 헛디뎌 논물에 빠졌다. 그때 진창에 박힌 고무신을 빼낸다고 힘을 쓰다 엉덩방아를 찧었다. 하늘이 빙글빙글 돌았다. 논두렁이 벌떡벌떡 일어섰다. 한순간 땅이 옆으로 섰다. 나는 몸을 가누려고 토끼풀 위에 잠시 머리를 기댔다. 납덩이처럼 무거워진 눈꺼풀이 연극이 끝난 무대의 커튼처럼 천천히, 아주 천천히 눈자위를 덮었다.

눈을 떴다. 풀 비린내가 훅 끼쳤다. 여기가 어디지? 알 수 없었다. 몸을 일으키려다 다시 누웠다. 머리가 너무 무거웠다. 나에게 무슨 일이 일어난 것일까. 술심부름을 하다 막걸리를 마셨고, 아버지에게 술 마신 것을 들킬까 봐 서둘러 집으로 가는 길이었다. 논두렁을 건너다 너무 어지러워 잠시 강둑의 풀밭에 누웠다. 그럼 여기는?

어디선가 자전거 지나가는 소리가 들렸다. 다시 힘을 내어 몸을 일으켰다. 팔뚝에 앉아 있던 고추잠자리가 화들짝 놀라 날아갔다. 세상은 여전히 초점이 맞지 않는 카메라 렌즈처럼 뿌옇게 보였다. 정신이 들기까지 한참을 멍하니 앉아 있었다. 내가 누워 있던 자리의 풀은 푹 꺼진 채 일어날 줄을 몰랐다.

비틀거리며 강둑으로 올라섰다. 얼마나 잔 것일까. 황우재 너머로 붉은 노을이 걸렸다. 오후 내내 풀밭에서 잠을 잔 것이다. 들녘에는 아무도 없었다. 피사리를 하던 사람들도 다 돌아간 모양이었다. 저녁마다 강변으로 소를 몰고 와 풀을 뜯기던 아이들도 없었다. 그 넓은 들에 나 혼자였다.

갑자기 무섬증이 일었다. 나 홀로 세상에 버려진 것 같은 헛헛함이 몰려왔다. 집으로 뛰기 시작했다. 발이 허공 위를 걸었다. 고무신 한 켤레가 훌러덩 벗겨졌다. 뛰던 걸음을 멈추고 고무신을 주웠다. 나머지 고무신마저 벗어들고 다시 뛰기 시작했다. 마음속으로 몇 번이고 소리쳐 엄마를 불렀다.

집에 닿았을 때는 숨이 턱밑까지 찼다. 그러나 집에는 아무도 없었다. 허전했다. 엄마가 있어야 하는데…… 엄마를 만나면 꼭 끌어안고 응석을 부리려 했는데…… 마루에 벌렁 누웠다. 서까래에 붙은 벌집에서 장수벌이 분주하게 날아다녔다. 그 모습을 보다 다시 까무룩 잠이 들었다.

아버지와 엄마가 나누는 대화 소리에 설핏 잠에서 깼다. 아버지는 왜 술을 주전자에 절반밖에 안 보냈냐고 엄마를 타박했다. 엄마는 그럴 리가 없다고 항변했다. 나는 다시 눈을 감았다. 오늘 밤은 이대로 잠드는 게 나을 듯했다.

마음에 묻은 생각, 하늘에 바람에 띄워 보내고

땅끝으로 가는 행렬은 끝이 없었다. 송지면소재지를 지나면서 차량이 꼬리를 물더니 송지호해수욕장을 앞두고는 꼼짝도 안 했다. 땅끝까지는 아직도 4킬로미터 남았다. 은근히 부아가 치밀었다. 서울도 아닌, 남도의 외진 곳까지 와서 교통체증에 시달려야 한다는 말인가. 도대체 왜들 난리일까.

여름만 되면 해남 땅끝이 달아오른다. 땅끝의 강한 끌림에 이끌린 사람들이 등불을 향해 돌진하는 부나방처럼 몰려든다. 그들 가운데는 조국애에 눈뜬 청년들이 있다. 그들에게 땅끝은 나라 사랑을 길어내는 우물로 통한다. 세상의 끝까지 가보고 싶은 유혹에 이끌린 사람도 많다. 저마다 사연 하나쯤 품고 사는 사람들은 땅끝에서 혼자 보듬고 있던 고민 보따리를 풀어놓고 싶어 한다. 다시 바람처럼 자유로워지고 싶어 한다.

땅끝을 찾는 방식은 제각각이다. 누군가는 밑도 끝도 없이 걸어서 온다. 발바닥이 부르트도록 하염없이 걷는다. 누군가는 자전거를 타고 온다. 또 누군가는 텐트와 먹을거리를 이삿짐처럼 바리바리 싸들고 온다. 사람들은 그렇게 자신이 원하는 방식으로 땅끝을 찾아 창끝처럼 솟은 토말탑 앞에 서서 감격해한다. 땅의 끝에 섰노라고, 더 이상 갈 곳 없는 이 땅의 끝에 내가 왔노라고.

오랜 기다림 끝에 땅끝 캠핑장에 닿았다. 사이트는 만원이었다. 다행히 캠핑장 자리가 하나 났다. 먼저 캠핑을 했던 사람들이 장비를 챙겨 떠날 때까지 꼬박 곁에 지키고 섰다가 사이트를 차지했다. 서울서 땅끝까지, 참 힘든 하루였다. 그러나 이제는 안심이다. 며칠간은 텐트를 치거나 접을 일이 없을 것이다. 앞으로 휴식의 시간을 가질 일만 남았다.

땅끝에서의 일정을 곰곰이 따져본다. 하루는 아이와 함께 물놀이를 하며 지낼 것이다. 잔잔한 물살에 몸을 맡긴 채 파도 소리를 들을 것이다. 썰물이 지고 나면 조개나 소라게를 찾아 나설 것이다. 아이들의 채집 본능은 유별나다. 어디를 가도 무엇인가를 뜯고, 줍고, 잡아야 직성이 풀린다. 특히, 조개나 게를 잡자고 하면 아이들의 눈이 별빛처럼 초롱초롱해진다. 아빠로서는 점수를 딸

수 있는 최고의 기회다.

하루는 낚시를 할 것이다. 낚시는 축 늘어진 말초신경을 단번에 바짝 세우는 힘이 있다. 그 순간은 챔질의 타이밍을 저울질할 때 찾아온다. 낚싯대 초리가 까닥이며 입질이 오면 온 신경이 그곳으로 몰린다. 언제 챔질을 할까. 기다림 끝에 잽싸게 챔질을 할 때는 비호처럼 재빠르고 경쾌하다. 만약 낚싯대를 타고 묵직한 고기의 저항이 전해진다면 희열은 극에 달한다. 운이 좋아 횟감이나 매운탕을 끓일 만큼 잡을 수도 있지만, 살림망이 다 차지 않아도 좋다. 그저 몇 번의 손맛으로 충분하다.

또 하루는 보길도로 갈 것이다. 땅끝에서 40분이면 닿는 섬 보길도. 이 섬은 고산 윤선도의 섬이다. 국문학의 비조로 평가받는 고산이 말년에 온가족을 솔거해 이 섬에 칩거하며 주옥같은 글을 남겼다. 고산이 주안상을 펼쳐놓고 '어부사시사'를 부르며 춤추는 무희들을 감상하던 세연정에서 그만큼의 풍류를 느껴볼 것이다. 동천석실에 올라서는 격자봉 위로 흘러가는 구름과 눈을 맞출 것이고, 샛바우재에서는 예송리에 떠 있는 고깃배들의 아름다운 행렬도 감상할 것이다. 또 83세의 노구를 이끌고 제주로 귀향 가던 우암 송시열이 잠시 들

러 자신의 처량한 신세를 글로 써놓았다는 글씐바위에서 그의 고독과 회한에도 눈길을 줄 것이다.

땅끝에 서는 것은 당연하다. 처음 땅끝에 서던 날을 기억한다. 첫사랑에 실패하고 쓰라린 마음을 안고 떠난 길이었다. 생에 절망한 시인 김지하가 자살을 결심하고 찾았다가 살아야 한다는 희망을 안고 돌아섰다는 그곳에서 나도 위로받고 싶었다. 나에게도 땅의 끝이자 바다의 시작인 이 외진 반도가 용기를 불어넣어주기를 바랐다. 그때 땅끝은 나의 바람을 저버리지 않았다. 토말탑에 적혀 있던 손광은 시인의 시를 지금도 기억한다.

수묵처럼 스며가는 정
한 가슴 벅찬 마음 먼발치로

백두에서 토말까지 손을 흔들게
십수년 지켜온 땅끝에서
수만년 지켜갈 땅끝에 서서
꽃밭에 바람일 듯 손을 흔들게
마음에 묻힌 생각
하늘에 바람에 띄워 보내게

그날, 몇 번이고 이 시를 읽으며 마음속에 잔뜩 도사리고 있는 미움과 원망을 녹였다. 서럽고 서운한 마음을 하늘에, 바람에 띄워 보냈다. 그렇게 마음을 비울 수 있었던 것은 그곳이 땅끝이었기에 가능했으리라. 더는 갈 수 없는 세상의 끝, 여기는 절망하는 모든 이의 터닝 포인트였던 것이다. 땅끝은 그렇게 상처 받고 지친 이들을 제 품에 안아 희망과 용기를 채워서 돌려보낸다.

참, 빼먹어서는 안 될 곳이 있다. 미황사다. 나는 이 절만 가면 마음이 푸근해진다. 바다를 정원처럼 끌어다 지은 절이라니. 절의 배경은 또 얼마나 황홀한가. 미황사 대웅전 너머로 창검처럼 도열한 바위병풍의 자태는 뺄 것도 더할 것도 없는 한 폭의 산수화 그 자체다. 여기에 대웅전은 들보가 훤히 보이도록 팔작지붕을 하늘로 활짝 열었으니, 화려한 산세에 조화를 이루도록 건물을 짓는 조상들의 호방한 슬기가 그대로 느껴진다.

미황사 부도밭은 혼자 갈 작정이다. 산자락 두 개를 넘어가는 은밀한 숲길은 혼자 걷는 즐거움을 안겨준다. 녹음이 짙어 사위를 휘감고, 산비둘기의 구수한 울음소리가 동행을 자처한다. 산비둘기 울음소리가 희미해지고, 오솔길 내내 드리웠던 녹음이 열리면 거기 부도밭이 있다.

모양과 크기가 제각각인 부도 가운데 나를 신화의 세계로 안내하는 것이 몇 기 있다. 부도에는 하늘로 머리를 둔 물고기와 발가락 여덟 개가 선명한 꽃게가 조각되어 있다. 눈치 빠른 이들은 미황사 대웅전 기둥을 받치는 주춧돌에 새겨진 꽃게를 떠올릴 것이다. 왜 이런 바다생물이 조각되어 있을까. 답은 하나다. 불교의 남방전래설이다. 땅끝에 닿은 배에 금합이 있었고, 그 금합을 열자 검은 소가 나왔다. 그 검은 소가 걸어가다 크게 울고 쓰러진 자리에 지은 절, 그게 미황사다. 창건설화는 그렇게 부처가 바다를 건너왔음을 보여주고, 그 상징으로 바다생물을 주춧돌에, 부도에 남긴 것이다. 부도밭에서 그 설화 속으로 상상의 나래를 펴는 것은 생각만 해도 즐거운 일이다.

그리고 또 무엇을 할까. 베르나르 올리비에의 〈나는 걷는다〉를 읽을 것이다. 아침에는 더치 오븐에 노릇노릇하게 구운 베이글을 드리퍼에 내린 원두커피와 함께 먹을 것이다. 비장의 무기로 준비한 감자와 옥수수 버터구이로 아이의 입맛도 사로잡아야 한다. 해질녘에는 랜턴을 들고 해변을 산책할 것이다. 그리고 또 무엇이 있지? 아! 왜 이리 할 게 많은 걸까. 나는 그저 여름휴가를 떠난 것이고, 몸과 마음을 조이던 모든 긴장을 풀고 그저 쉬고 싶을 뿐인데…… 그러나 여기는 해남 땅끝이다. 한곳에 붙박아 있기에는 볼 것도, 할 것도 많은, 삶의 에너지가 용솟음치는 땅이다.

숲에 가을이 불탄다.

이주 작은 바람에도 낙엽들이 생을 마감하고 떨어진다.

아침저녁으로 소슬한 바람이 목덜미에 감긴다.

그 서늘한 기운에 몸이 움츠러들면 커피향이 그립다.

이른 아침에 나를 붙들었던 상림의 커피향이 그립다.

캠핑장에서 한 남자가 아내를 위해 정성을 다해 내리던 그 커피 한 잔이 그립다.

가을은 그리운 것이 많은 계절이다.

가을

커피향을 맡는 남자

그의 손길은 아주 섬세했다. 커피 그라인더에 커피 빈을 넣고 돌릴 때도 행여 한 알이라도 떨어지지 않을까 조심스러워했다. 커피를 따르기 전에 뜨거운 물로 잔과 드리퍼를 데우는 것도 잊지 않았다.

드리퍼 안에 필터를 깔고, 그 위에 곱게 간 커피를 넣은 후 아주 조심스런 손길로 주전자의 물을 부었다. 꼭지가 학처럼 목이 긴 그 주전자는 커피를 내리기 위해 만들어진 것이다. 꼭지에서 흘러나오는 물줄기가 대나무 대롱을 타고 내려오는 물줄기처럼 가늘었다. 중심에서 밖으로, 조심스럽게 주전자를 놀리자 커피 속에서 거품이 보글보글 피어나 마치 검은 버섯처럼 됐다. 드리퍼를 통과한 커피가 기분 좋은 소리를 내며 머그잔에 떨어졌다.

그는 아내의 취향도 잊지 않았다. 부드러운 맛을 좋아하는 아내를 위해 익숙한 솜씨로 블렌딩을 했다. 마지막으로 그는, 아내가 커피를 한 모금 음미한 후

"좋은데"라는 말을 하기까지 따뜻한 눈길로 바라봤다.

스무 살 언저리의 가을이었다. 지리산이 뒷산이라고 자랑하는 친구의 집에 간 적이 있다. 녀석의 집은 함양 읍내의 상림 근처에 있었다. 상림은 신라시대 고운 최치원이 조성했다는, 천 년의 역사를 가진 활엽수가 빼곡하게 자라 있는 아름다운 공원이다. 가을이면 낙엽이 발목까지 쌓이는 그 숲은 매력적이었다. 나는 안개 자욱한 이른 아침에 그 숲을 산책하는 행운을 누렸다.

낙엽이 발밑을 치고 가면서 사각사각 내는 소리가 마음속에 오래도록 울림을 주던 그날 아침. 나는 친구의 집으로 돌아오다 문득 어떤 향기에 이끌렸다. 그 향기는 지금까지 맡아본 적이 없는 은은한 향취였다. 이 향기는 어디서 나는 것일까. 나는 그 묘한 향기에 끌려 코를 벌름거렸다. 그리고 발견한 곳은 지하의 작은 다방이었다. 향내는 그곳에서 흘러나오고 있었다. 그제야 그 향기의 주인이 커피라는 것을 알았다.

나는 커피향에 이끌려 지하 다방으로 내려갔다. 내가 문을 밀치고 들어서자 다리를 꼬고 앉아 담배를 피우던 마담이 뚫어지게 쳐다봤다. 이른 아침부터 웬

SnowPeak Store
PAJU

손님인가 싶은 표정이었다. 마담은 아직 화장 전이었다. 잠자리에서 빠져나온 부스스한 얼굴 그대로였다. 머리는 더부룩했고, 맨얼굴은 기미가 덕지덕지 붙어 있었다.

"커피 되나요?"

마담은 고개를 끄덕였다. 주방으로 사라졌던 마담은 잠시 후 커피를 내왔다.

"이렇게 이른 시간에는 커피 마시러 안 오는데……."

"아~예. 산책을 나섰다가 커피향이 너무 좋아서 그만……."

"그래요? 커피를 마실 줄 아는군요? 사실, 우리 집 커피 맛있다는 소리 많이 들었어요. 제가 커피를 아끼지 않고 진하게 내리는 편이거든요. 부족하면 말씀하세요."

마담은 커피향이 좋다는 칭찬에 기분이 좋아진 모양이었다. 마담은 주방으로 향하던 발길을 돌려 카운터에 있는 카세트를 틀었다. 흔한 팝송이 흘러나왔다.

나는 커피를 마셨다. 아니, 음미했다. 거리에서 맡았던 그 향을 떠올리며 커피 한 모금을 물고 혀로 굴려가면서 커피 맛을 봤다. 그러나 커피 맛은 나의 기대를 저버렸다. 거리에서 맡았던 그 향을 전혀 느낄 수 없었다. 커피는 소태처럼 쓰기만 했다. 뭐랄까, 커피는 단물 쓴물 다 빠져버린, 한물간 마담을 쏙 빼닮았다.

괜히 들어왔다 싶었다. 하지만 싫은 내색을 할 수가 없었다. 카운터에 앉은 마담은 연신 담배를 꼬나물며 나를 바라봤다. 마담의 눈빛은 커피 맛이 괜찮냐고 묻고 있었다. 나는 그런 마담에게 애써 웃음을 지어 보이며 화답할 수밖에 없었다.

숲에 가을이 불탄다. 아주 작은 바람에도 낙엽들이 생을 마감하고 떨어진다. 아침저녁으로 소슬한 바람이 목덜미에 감긴다. 그 서늘한 기운에 몸이 움츠러들면 커피향이 그립다. 아른 아침에 나를 붙들었던 상림의 커피향이 그립다. 캠핑장에서 한 남자가 아내를 위해 정성을 다해 내리던 그 커피 한 잔이 그립다. 가을은 그리운 것이 많은 계절이다.

안개, 꿈결 같은 세월

텐트 문을 열자 안개가 자욱하다.
강에서 피어난 안개가 낮은음자리로 몰려와 사위를 휘감았다.
짙은 안개 속에 등 굵은 소나무가 아련하게 서 있다.
소나무는 곧게 뻗은 것이 없다.
제멋대로 굽이지고, 배롱나무처럼 뒤틀렸다.
한두 그루가 아니다.
소나무들은 어울려 숲이었다.
한지에 먹물로 수놓은 수묵화처럼
한 폭의 그림이었다.

숲을 거닌다.
자욱한 안개 속으로 스며들듯이 걷는다.
철 지난 캠핑장에는 아무도 없다.
사람도, 다람쥐도, 새 한 마리도 없다.
그림 속을 걷는 기분이다.
천 년 전 어느 화공이 그린 그림 속을
나 홀로 휘적휘적 걷는 느낌이다.

숲을 지나자 강이다.
저 강이 안개를 피워 올렸을 것이다.
강은 흘러가고 있는 것일까.
아무 소리도 들리지 않는다.
아무것도 보이지 않는다.
그저 안개만이
기억조차 못하는 전생의 어느 날이나
알 길 없는 미래의 불안한 저녁처럼
허공을 두껍게 덧칠하고 있다.

사는 일이 안개 속이다.
길은 보이지 않는다.
지금 서 있는 곳조차 알 길 없다.
분명 이 안개 속에 나를 감싼 세상이 있건만
수건으로 눈을 가린 술래처럼
그저 캄캄한 어둠이거나
하얗게 표백된 안개 속이다.
그 어둠, 혹은 표백된 안개 속에서
출구 없는 인생들
세상의 한가운데 있으면서도 고독한 사람들은
가엾은 존재감을 저 혼자 어루만지며 서성이고 있다.

강물 곁으로 내려선다.
조약돌 밟히는 소리가 유난히 크다.
갈대 수술이 귓불을 스친다.
이슬이 얼음처럼 차갑다.
퍼덕~
물고기 한 마리가 발치 앞에서 자맥질을 친다.
그 싱싱한 소리가 안개 속에 요동친다.
분명히 세상은 깨어 있다.

다만, 안개에 가려 보이지 않을 뿐
세상은 언제나 제자리에 있다.

참, 사는 게 꿈결 같다.

애기단풍 아래서

백양사 진입로에 접어들자 사위가 쥐 죽은 듯이 조용했다. 자동차의 헤드라이트가 광선검처럼 어둠을 갈랐다. 계곡을 건넌 후 자칫 지나칠 뻔한 입구를 겨우 찾아 캠핑장으로 들어섰다.

캠핑장은 한산했다. 오직 텐트 한 동만이 나무 그늘 아래 자리를 잡고 있었다. 모닥불을 쬐고 있는 캠퍼와 눈이 마주쳤다. 그는 얼굴을 작게 끄덕이는 것으로 연대감을 표시했다. 그것으로 우리는 오늘 밤을 함께할 이웃이 됐다는 것을 확인했다.

나는 이런 연대감을 좋아한다. 그와 내가 한 운명이란 것을 말하지 않고도 느낄 수 있다는 것은 얼마나 행복한 일인가. 이를테면 마주 오던 차량이 전방에 경찰이 속도위반 단속을 벌이고 있다는 것을 알려주기 위해 상향등을 깜빡일 때 느끼는 그런 연대감 말이다. 그 운전자와 나는 아주 짧은 순간 스쳐 지날

뿐이다. 다시 만날 기약도 없다. 그러나 그 순간에 우리는 동아줄로 서로 묶은 것처럼 아주 끈끈한 연대감을 느낀다.

오늘 밤 나의 이웃이 된 그 캠퍼와 나의 연대감은 둘만의 비밀에서 나온다. 그는 가을 백양사를 알고 있다. 주말이면 아침부터 단풍나들이 나온 사람들로 백양사 진입로가 인산인해를 이룬다는 것을 알고 있다. 차량 진입은 고사하고, 인파에 밀려 허겁지겁 백양사와 산을 돌아보게 되리라는 것을. 그러나 우리가 차지한 이 캠핑장은 백양사 턱밑에 있다. 이곳에 머물면 사람들에 치일 일이 없다. 서두르면 가을 산사의 고즈넉한 아침을 독차지할 수도 있다. 그와 내가 느끼는 연대감은 여기서 비롯된다. 행락객은 꿈에도 모르는, 오직 그와 나만이 알고 있는 비밀 아닌 비밀을 공유한다는 뜻이다.

가을이 깊어지면 백양사로 향한다. 설악산과 주왕산처럼 단풍으로 이름난 명산은 많다. 그러나 나는 단풍놀이의 마침표를 항상 이곳에서 찍는다. 이곳에서 캠핑을 하며 이른 아침에 백양사와 백암산을 거니는 즐거움을 거부할 수가 없다.

'춘백양추내장(春白羊秋內藏)' 이란 말이 있다. 봄에는 백암산 백양사의 벚꽃이, 가을엔 내장산의 단풍이 좋다는 말이다. 그러나 백양사의 가을도 봄빛 못지않다. 백양사에는 애기단풍이 있다. 잎은 작으면서 색깔이 핏빛처럼 고운 단풍잎이다. 나는 백양사 돌담에 치렁치렁 걸린 애기단풍을 보면 머릿속까지 붉어지는 느낌을 받곤 한다. 어찌 이리 붉을 수 있을까.

나의 단풍 산책은 쌍계루에서 백양사를 거쳐 학바위까지 이어진다. 쌍계루는 호수에 물든 단풍과 산을 바라보는 맛이 있다. 산이 붉으면 호수도 붉고, 벚꽃이 피면 호수도 흰옷으로 갈아입는다. 백양사 마당에서 학바위를 올려다보는 일도 가슴을 툭 터지게 한다. 대웅보전의 번쩍 들린 처마 뒤로 또 그만큼의 맵시를 자랑하며 치솟은 바위라니.

학바위까지는 다리품을 좀 팔아야 한다. 등산로가 지그재그로 난 팍팍한 오르막을 30분쯤 가야 한다. 그래도 영천암에서 한 박자 쉬어갈 수 있어 큰 힘이 된다. 등산객들은 학바위 중턱의 영천굴을 지나 상왕봉까지 간다. 그러나 단풍놀이는 영천굴까지면 족하다. 이곳에서 단풍 불바다에 들어앉은 백양사를 내려다보고 나면 가을을 보내도 아쉬움이 없다.

여기서 산양이 스님의 설교를 받고 눈물을 흘려 절을 백양사로 고쳤다거나 하루에 꼭 먹을 만큼씩 쌀이 나오던 굴을 부지깽이로 쑤셨더니 쌀 대신 흙탕물이 나왔다는 영천굴의 전설 같은 것은 말하지 않겠다. 백양사 사천왕문 곁에 서 있는, 전생에 네 참 모습은 어떠했느냐고 묻는 '이뭣고' 탑에 대해서도 토를 달지 않겠다. 가을이면 단풍 물결 속에서 오히려 더 푸른 비자나무가 내뿜는 청신한 기운에 대해서도 입을 다물겠다. 더 보태면 잔소리일 뿐, 가을 백양사에 가면 다 만날 일이다.

더치 오븐과의 사랑

"뭐가 가장 재밌어?"

캠핑을 가는 내게 묻는다.

"요리할 때가 가장 행복해."

"사내가 고추 떨어지게 무슨 요리야!"

타박이 날아든다. 그러나 어쩌랴. 요리할 때가 가장 행복한 것을.

나에게 요리의 즐거움을 선사한 것은 더치 오븐이다. 이 무쇠 냄비는 신기한 능력을 가졌다. 어떤 것이든 이 안에만 들어갔다 나오면 회가 동하는 맛있는 요리로 변신한다. 고기든 야채든 상관없다. 쌀과 스파게티, 밀가루 등 어떤 재료를 넣어도 먹음직스러운 요리가 되어서 나온다. 그래서 사람들은 이 무쇠 냄비를 '블랙 매직' 이라 부른다.

더치 오븐에 대한 이야기 좀 풀어놔야겠다. 더치 오븐은 미국의 역사와 함께 한다. 당시 집도 절도 없이 신세계를 찾아 나선 유럽의 이민자들에게는 생활

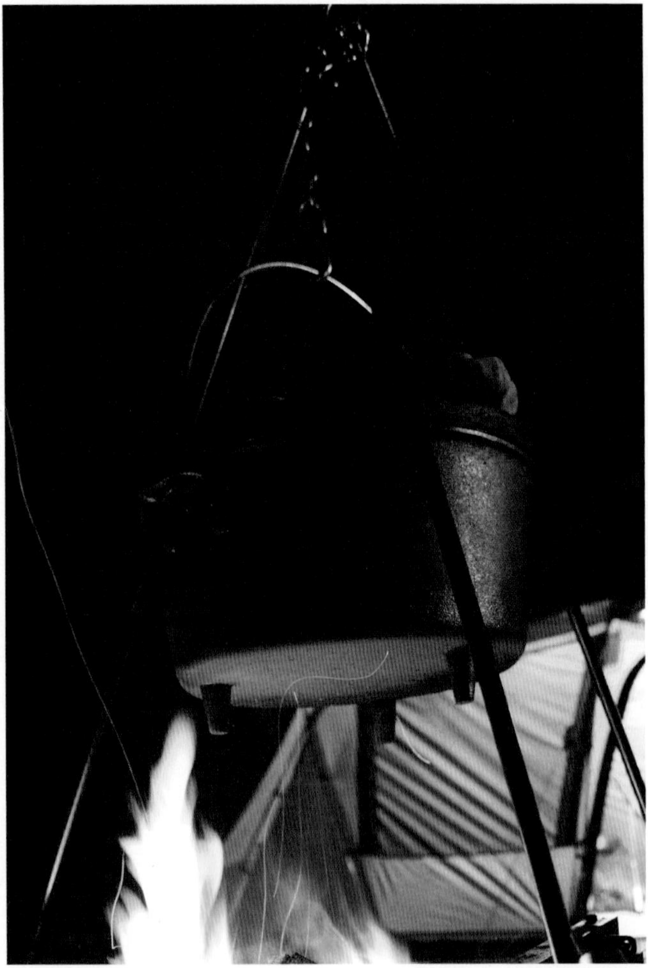

자체가 캠핑이었다. 집을 지어 정착하기 전까지 땅을 베개 삼고 하늘을 지붕 삼아 살아야 했다. 이때 등장한 게 더치 오븐이었다. 삼각대에 이 무쇠냄비를 걸어두면 언제고 수프를 끓이고 빵을 구울 수 있었다.

더치 오븐이란 이름이 붙은 것은 이 무쇠냄비를 팔러 다닌 이들 가운데 네덜란드계 이민자가 많아서다. 지금도 그렇지만 당시에도 더치 오븐은 값이 만만치 않았다고 한다. 주부들에게는 가장 소중한 주방용품으로 대우받았다. 값도 비쌌지만 길을 들여 사용해야 하는 더치 오븐의 특성상 특별한 관리가 필요했다. 전하는 이야기에 의하면 미국의 초대 대통령 워싱턴의 어머니도 임종을 앞두고 더치 오븐 관리에 대해 유언을 남겼다고 한다.

더치 오븐의 전성기는 서부개척시대다. 더치 오븐은 카우보이의 필수품이었다. 그들은 황야를 질주하다 날이 저물면 야영을 해야 했고, 그 중심에는 더치 오븐이 있었다. 서부영화에 단골로 등장하는, 모닥불 위에 펼친 삼각대에 더치 오븐을 걸치고 노숙하는 카우보이를 기억할 것이다. 더치 오븐은 카우보이에게 만능 조리도구이자 자랑의 대상이기도 했다. 길이 제대로 들어 검게 빛나는 더치 오븐이 그들에게는 총질하는 솜씨보다 더한 자랑이었다.

전설 따라 삼천리는 여기까지 하자. 이번에는 한 가지 고약한 더치 오븐의 못된 성질을 털어놔야겠다. 이녀석은 야생마와 같다. 길을 들이지 않으면 사용할 수 없다. 철에 함유된 독성과 '쇠맛'을 제거하고 요리를 할 수 있게 길들이는 과정(시즈닝이라고 한다)을 거쳐야 냄비로서 역할을 하게 된다. 올리브오일이 쇠의 깊은 곳까지 스며들어야 더치 오븐은 검은색 윤이 나기 시작한다. 길이 드는 것이다.

야생마는 한 번 길들이면 온순해진다. 그것으로 평생 타는 애마가 된다. 그러나 더치 오븐 길들이기는 시즈닝이 끝이 아니다. 이것은 시작에 불과하다. 더치 오븐은 조리를 마치고 나면 매번 올리브오일이 쇠에 골고루 스며들 수 있도록 뒷손질을 해줘야 한다. 더치 오븐에 매료됐던 캠퍼들이 두 손을 들고 항복하는 것도 이때문. 요즘에는 시즈닝이 된 제품도 출시되고 있다. 그러나 그 제품이라고 뒷손질을 피해 갈 수는 없다. 그런데도 나는 이 무겁고, 까다로운 무쇠냄비가 마냥 사랑스럽기만 하다.

"그거 너무 폼 잡는 거 아냐?"

그것도 틀린 말은 아니다. 더치 오븐은 무겁다. 20킬로그램 쌀 반 포대에 해당하는 무게다. 여기에 삼각대를 걸고 밑불을 지피고, 뚜껑에도 숯을 올리는 일은 번거롭다. 요리가 끝난 뒤에는 뜨거운 불에 달궈 무쇠에 기름이 스며들게 하는 귀찮은 과정이 기다린다. 누군가는 더치 오븐이 사람을 하인 부리듯 한다고 투정하기도 한다. 그런데도 더치 오븐에 한번 빠져들면 쉽게 헤어나지 못한다. 왜일까.

더치 오븐은 기다림의 즐거움을 일깨워준다. 더치 오븐에 요리다운 요리를 하려면 보통 한 시간은 걸린다. 어떤 것은 세 시간을 넘기기도 한다. 요리 하나에 반나절을 허비하는 셈이다. 누군가는 그런 비경제적인 일을 왜 하느냐고 힐난하기도 한다. 음식 먹는 것도 속전속결로 해치우는 것을 좋아하는 한국인의 입장에서는 더치 오븐 스타일의 요리를 이해할 수 없을 수도 있다.

그러나 그 기다리는 시간 동안 나와 더치 오븐은 끝없는 대화를 나눈다. 가슴 졸이는 기쁨이라고 하면 이해할 수 있을까. 잘 익고 있을까. 너무 타는 것은 아닐까. 맛은 어떨까. 뚜껑에 숯을 더 올려줘야 하는 건 아닐까. 열어봐도 될까…… 냄비 속을 들여다볼 수 없는 상태에서 요리를 하는 그 초조한 기다림. 이처럼 궁금한 시간도 또 없을 것이다. 그러나 나의 가슴 졸임과 달리 더치 오

븐은 쉽게 배반하는 일이 없다. 초조함과 우려는 나의 몫일 뿐, 이녀석은 언제나 묵묵히 제 일을 한다. 내가 요리를 하는 게 아니라, 무쇠 냄비 스스로 알아서 요리를 하는 것이다.

더치 오븐에 올려놓은 숯을 보고 있으면 참으로 진지해진다. 작은 숨결을 불어넣어주면 잉걸불처럼 발갛게 달아오르는 숯이라니. 이 숯이 무쇠냄비를 달궈 환장하게 맛있는 요리를 만들어낸다. 안락의자에 몸을 파묻고, 후지와라 신야의 〈동양기행〉이나 안도현의 〈간절하게 참 철없이〉 같은 시집을 끼고 있다가 문득 생각난 듯 더치 오븐에 눈길을 준다. 지금 저 무쇠냄비 안에서는 무슨 일이 벌어지고 있을까. 닭은 겉이 노릇노릇하게 익었을까.

자, 이제 더치 오븐의 뚜껑을 열 시간이다. 요리는 잘 되었을까. 혹시 타지는 않았을까. 사춘기의 풋사랑도 이때처럼 가슴을 뛰게 하지는 못할 것이다. 마치 판도라의 상자를 여는 것처럼 조심스럽다. 묵직한 뚜껑을 들어 올리면 허연 김이 아우성치며 무럭무럭 쏟아져 나온다. 향기로운 냄새가 입안에 저절로 군침이 돌게 한다. 이 기쁨을 무엇이라 할까. 나는 지금 더치 오븐과 연애 중이다.

가을 동창회

대학시절 단짝이던 친구에게서 전화가 왔다. 캠핑을 가자고 했다. 캠핑장에서 동창회를 하자는 것이다. 요즘 캠핑에 푹 빠져 사는 몇 놈과 함께 술잔이나 나누자고 했다. 친구는 단서를 하나 붙였다. 이번에는 차포 다 떼고 남자들만 어울려서 회포를 풀자고 했다. 가족은 떼어놓고 혼자만 오라는 것이다. 나는 흔쾌히 수락했다. 친구는 전화를 끊으면서도 혼자만 올 것을 신신당부했다.

나는 동창이란 말을 들을 때마다 서늘한 그리움에 사로잡히곤 한다. 학창시절을 함께한 그들은 또 다른 나다. 한 사람의 인격체로 성숙하는 과정에서 고뇌와 좌절, 희망가를 함께 불렀던 '우리'다. 동창이라는 말에는 사심이 없다. 학창시절의 우리는 어떤 이해관계로도 얽히지 않았다. 우리는 서로에게 갚아야 할 것도, 받을 것도 없었다. 그냥 순수할 따름이었다.

물론 학창시절의 우리에겐 미움도, 다툼도 있었을 것이다. 가끔은 남보다 더 소원한 관계가 되기도 했을 것이다. 그러나 시간은 치유의 힘을 가지고 있다. 우리가 거친 세상에 내던져져 생존을 위한 싸움을 벌이던 시간이 차곡차곡 쌓여 세월이 되고, 그 세월은 친구에 대한 미움도, 원망도 다 씻어 간다. 그 시절의 친구들은 험한 세상의 파고를 힘겹게 넘고 있는 또 다른 나가 되어 있을 뿐이다.

늦가을의 햇살은 짧았다. 해는 텐트 치기가 무섭게 서산으로 향했다. 서둘러 모닥불을 피웠다. 간만에 만나는 친구들을 위해 솜씨를 부리기로 했다. 금방 잡아 아직 더운 기운이 느껴지는 씨알 좋은 토종닭 한 마리를 통으로 넣은 더치 오븐을 삼각대에 걸었다. 웨버 그릴에는 고추장과 소금으로 밑간을 한 두툼한 삼겹살 훈제 요리를 준비했다.

Coleman
4604

내가 요리를 준비하느라 부산을 떠는 동안 뒤늦게 도착한 친구들도 텐트를 쳤다. 작은 동창회를 위한 준비는 얼추 끝났다. 한 가지 불행한 소식이 있다면, 모두 아이를 데리고 왔다는 것이다. 놀토 주말에 아빠 혼자 놀러 가게 두는 인심 좋은 집은 없었던 것이다. 가장 먼저 백기 투항한 것은 애초에 남자들만의 캠핑을 제안했던 친구였다. 그 친구는 아내에게 욕을 바가지로 먹은 뒤 풀 죽은 목소리로 애만 데리고 가기로 했다고 알려왔다. 그래서 모두 아이를 데리고 오기로 했다. 혹 떼려다 혹 붙인 꼴이 됐다. 그 아이들은 지금 개울가에 있다. 벌써 한 놈은 물에 빠져 신발과 옷을 홀라당 적셨다. 그 바람에 한 친구는 아이의 옷을 갈아입히느라 한바탕 소란을 피웠다.

캠핑장에 어둠이 찾아왔다. 더치 오븐과 그릴에서도 맛있는 냄새가 풍겼다. 저녁상을 차릴 시간이 됐다. 껍질이 노릇노릇하게 익은 로스트 치킨은 결대로 찢어놓고, 훈제 삼겹살도 두툼하게 썰었다. 친구는 밥을 펐다. 코펠 뚜껑을 열자 김이 텐트 안에 가득했다. 또 다른 친구는 숟가락과 반찬을 놨다.

그러나 아이를 다루는 남자들의 손길은 서툴렀다. 한 친구는 밥투정하는 아들을 붙잡고 씨름을 했다. 한 친구는 신발이 젖어 맨발로 다니는 딸에게 호통

weber.

을 치다 그만 울음보를 터트리게 했다. 내 아들은 국그릇을 엎었다. 전쟁터가 따로 없었다. 밥이 입으로 들어가는지 코로 들어가는지 모를 만큼 텐트 속은 소란스러웠다. 그 와중에도 어른들은 술잔을 부딪치며 캠핑장에서 맞는 가을 동창회를 자축했다.

아이들이 밥상머리를 빠져나간 후에야 한숨을 돌렸다. 술잔이 몇 순배 돌았다. 그제야 우리는 모처럼 만난 서로에게 집중할 수 있었다. 한 친구는 급하게 나이를 먹고 있었다. 웃는 얼굴에도 고단함이 묻어났다. 한 친구는 머리숱이 많이 빠졌다. 그 모습을 감추려고 머리를 묶어 꽁지머리를 했는데, 회사에서 예술가라는 놀림을 받는다고 했다. 다른 한 친구는 틈만 나면 새로 시작한 사업 이야기를 했다. 어른들이 학창시절의 추억과 중년의 길목에서 맞닥트린 새로운 변화에 대해 공감할 때, 장난을 치던 아이들은 다퉜고, 한 놈은 연신 빽빽 울어댔다. 그 바람에 우리의 대화는 자주 끊겼다.

적당히 취기가 올라왔다. 밤도 퍽이나 깊었다. 우리들의 대화도 시들해졌다. 졸업 후 서로가 다른 방식으로 살아왔기에 조심스러운 것도 있었다. 한 친구가 아이들을 재운 후 한 잔 더 걸치자고 했다. 다들 그 의견에 동의했다. 친구들은 아이들을 데리고 각자의 텐트로 갔다.

휘발유 랜턴의 불빛이 잦아들었다. 압력이 약해진 모양이었다. 펌프질을 해주자 불빛이 살아났다. 텐트 속이 환해졌다.

술잔을 기울이며 친구들을 기다렸다. 친구가 성경 구절을 외우며 잠투정하는 아이를 달래는 소리가 텐트를 넘어왔다. 다른 한 친구는 아이와 함께 침낭을 뒤집어쓰고 벌써 몇 번째 달걀귀신 이야기를 소곤거리고 있었다.

친구들은 돌아오지 않았다. 남자끼리만 캠핑 가서 회포를 풀자던 친구들은 아이를 재우다 아이와 함께 꿈나라로 떠났다. 가볍게 코 고는 소리가 텐트를 넘어왔다. 랜턴 불빛이 다시 희미해졌다. 연료가 다 된 모양이었다. 술잔도 차갑게 식었다. 끝내 돌아오지 않는 친구들을 대신해 마지막 한 잔을 털어 넣었다. 랜턴이 꺼졌다. 가을 동창회는 그렇게 끝이 났다.

가을은 하늘 먼 곳에서 물결처럼 밀려오고

검은 하늘에 섬광이 번쩍한다. 하나, 둘…… 미처 셋을 세기도 전에 천둥이 친다. 바로 머리 위에서 번개가 내린 모양이다. 그렇게 번개와 천둥이 몇 번 텐트를 두들기더니 비가 내리기 시작한다.

빗줄기가 세차다. 텐트 속은 난타의 공연장처럼 빗방울 듣는 소리로 낭자하다. 바람도 사정없이 분다. 밤나무 그늘 아래 친 텐트 위로 밤송이가 투두둑 떨어진다. 가을비치고는 너무 요란스럽다. 본래 가을비는 뼛속까지 스밀 듯이 슬금슬금 내리는 것이 아니던가. 보슬보슬 내리는 빗소리를 들으며 우리네 가슴도 기억 속 먼 바다를 헤엄치며 사랑했던 사람들과 그립던 시절을 떠올려야 정석이다. 그러나 오늘 내리는 비는 폭풍처럼 위협적이다. 외나무다리에서 만난 발정기의 들고양이가 보내는 앙칼진 울음처럼 사납다. 기억 속 먼 바다로 시간여행을 떠나는 것은 꿈도 못 꿀 일이다. 지금은 그저 비바람 속에 텐트가 안전하기만을 바랄 뿐이다.

이웃 텐트의 타프가 날아간 모양이다. 타프가 깃발처럼 나부끼는 소리가 들린다. 캠퍼의 다급한 목소리에 연이은 망치질 소리가 머리맡으로 날아든다. 그 사이에도 번갯불이 번쩍번쩍한다. 번개가 사정없이 내리는 밤에 '수중전'을 벌이고 있을 캠퍼를 생각하니 안쓰럽다. 이웃 텐트의 캠퍼는 지금 흠뻑 젖었을 것이다. 봉변도 이런 봉변이 없다고 여길 것이다. 자정까지 멀쩡하다가 새벽녘에 기습적으로 돌풍과 함께 찾아온 가을비라니. 생각이 거기까지 미치자 가을비가 미워진다. 왜 이리 극성인가. 가을비는 새벽녘에 한 번 더 심술을 부렸다.

밤은 그렇게 뒤숭숭하게 지나갔다. 다행스런 것은 날이 밝으면서 비구름이 물러갔다는 것이다. 눈을 떴을 때는 텐트 안이 환했다. 해가 올라온 모양이다.

햇살이 몰려드는 텐트 지붕에는 가을비가 추상화를 그려놨다. '물방울 작가'로 알려진 김창렬 화백의 그림처럼 텐트 지붕에는 크고 작은 물방울이 방울방울 걸려 있다. 그림 속 물방울과 똑같다. 아니, 한 가지 더 있다. 몇 잎의 낙엽이 물방울 속에 들어앉아 계절이 가을임을 알려준다.

텐트 밖에서 다시 힘찬 망치질 소리가 들린다. 캠퍼들이 가을비의 흔적을 지우기 위해 아침부터 부지런히 움직인다. 텐트 문을 연다. 화창한 가을 하늘이 텐트 속으로 밀려들어온다. 그 아래 산은 어제보다 더 붉다. 아마도 간밤 요란스럽게 내린 가을비에 나무들이 많이 놀란 모양이다.

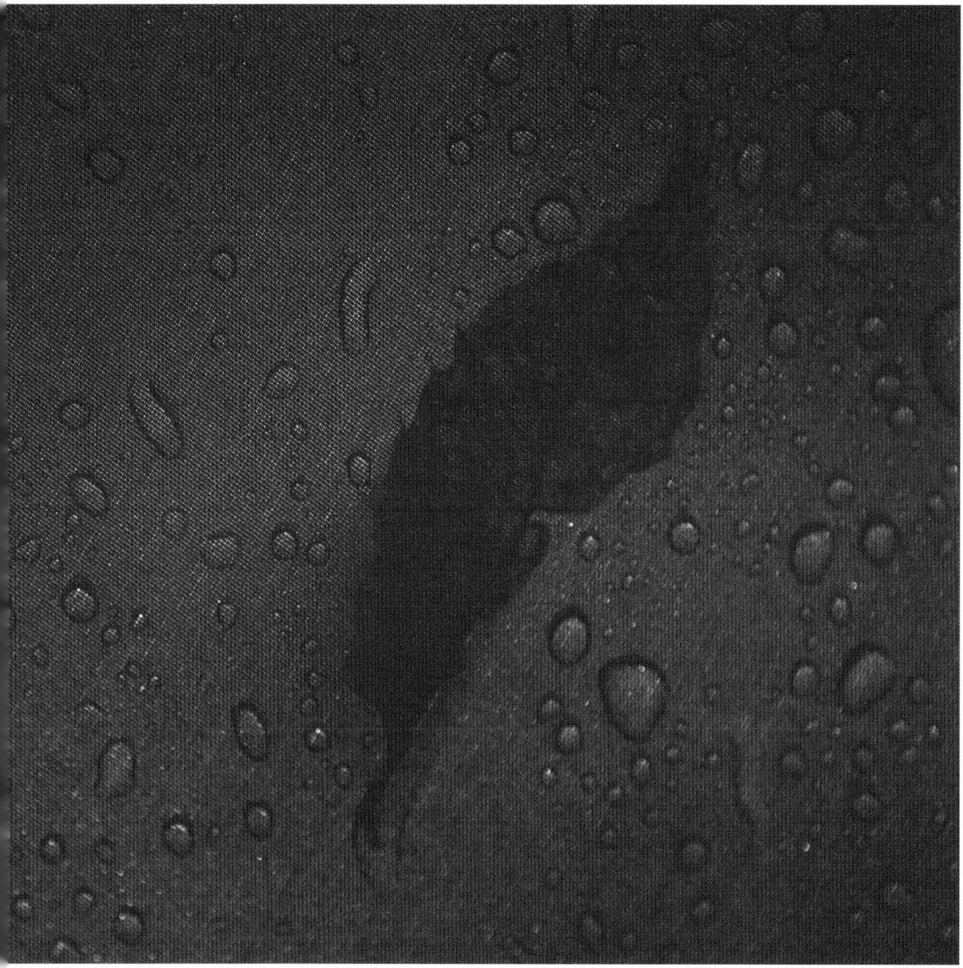

다람쥐와 모닥불

신으로부터 불을 훔쳐 인류에게 선사했던 프로메테우스가 인류의 자랑이라면 부자들로부터 재산을 훔쳐 민중에게 선사하려 했던 나 또한 민중의 자랑이다…….

김남주의 시 '나 자신을 노래한다'의 일부분이다. 이 시를 멋들어지게 낭독하던 대학선배가 있었다. 당시 그는 학업을 작파하고 노동운동에 투신해 비밀스럽게 살아가고 있던 터라 후배들 사이에서는 신비로운 존재로 인식됐다. 그의 목소리는 성우 뺨칠 만큼 좋았다. 선배가 막걸리 한 잔 걸친 후 목청을 다듬어 그 시를 낭독하면 내 마음속에서도 진한 울림이 일었다. 나는 그의 시 낭독을 들을 때마다 불의 뜨거움을 느꼈다.

어느 날, 그 선배가 교수가 됐다는 소식을 들었다. 최근에는 그가 아주 이른 나이에 학생처장이 됐다는 이야기도 들었다. 그때 나는 세월을 느꼈다. 벌써

20년이다. 그도, 세상도 변하기에 충분한 시간이다. 그 세월 동안 그가 변했듯이, 그가 들려주던, 내 가슴을 뜨겁게 달구던 김남주 시 속의 '불'도 슬며시 사그라졌다.

내가 다시 불의 뜨거움을 느낀 것은 몇 해 전 가을 아침의 캠핑장에서였다. 밤부터 갑자기 기온이 큰 폭으로 떨어졌다. 나는 눈을 뜨자마자 모닥불을 지폈다. 장작에 불이 옮겨 붙자 따스함이 밀려왔다. 온몸이 사르르 녹았다.

그때였다. 다람쥐 한 마리가 나무에서 쪼르르 내려왔다. 녀석은 내 눈을 피해 한 걸음씩 화로를 향해 다가섰다. 나는 일부러 모른 체했다. 어떻게 하나 두고 볼 참이었다. 녀석은 화로에 아주 가깝게 다가왔다. 이런 맹랑한 녀석 좀 보게. 본래 다람쥐는 겁쟁이다. 인기척만 나도 삼십육계 줄행랑을 놓는다. 그런데 어쩌자고 사람이 버젓이 지키고 있는 화로를 찾는단 말인가.

어떻게 할까. 나는 곁눈질만 보낼 뿐 몸을 움직이지 못했다. 만약 내가 등을 돌린다면 녀석은 놀라서 달아날 것이다. 그렇게 되면 불을 쬐며 몸을 녹이려 했던 녀석의 계획은 수포로 돌아간다. 그래서는 안 될 일이다. 내가 양보하기

로 했다. 나는 다리가 저려왔지만 등을 돌린 채 미동도 않고 앉아 있었다.

내가 모닥불을 다람쥐에게 양보한 채 주리를 틀고 있을 때였다. 텐트 안에서 인기척이 났다. 그 바람에 다람쥐가 화들짝 놀라 도망을 쳤다. 아들 녀석이 텐트 문을 열고 나왔다. 눈도 제대로 뜨지 못한 녀석이 바지춤을 부여잡고 말했다.

"아빠! 오줌."

나는 아들 녀석과 벌써 나무 꼭대기까지 올라가 두리번거리고 있는 다람쥐를 번갈아 바라봤다.

세상의 모든 것은 온기에 목말라 있다. 프로메테우스가 신에게서 훔쳐 인간에게 선사한 불을 필요로 한다. 우리는 그 불을 간절히 원하면서도 말하지 못한다. 누군가 불을 쬐고 싶어 망설이고 있다는 것을 알면서도 애써 외면한다. 우리가 사는 사회는 오직 '나' 만 존재한다.

이제 온기를 나눌 때가 됐다. 프로메테우스가 인간에게 선물한 그 불을 모두에게 나누어줄 때가 왔다. 적어도 캠핑장에서는 불 때문에 소외받는 자가 없어야 한다. 설령, 그것이 말조차 통하지 않는 미물일지라도 말이다.

삼류인생 • 제주 캠핑 1

우리는 나라는 존재가 세상으로부터 따뜻한 대접을 받고 있다는 착각에 빠져 산다. 우리의 인생이 삼류라 생각하지 않는다. 적어도 이류, 혹은 일류와 가깝다고 여긴다.

그러나,

목포에서 제주 가는 카페리는 우리 인생이 삼류라는 것을 솔직하게 보여준다. 의자도 없이 평상처럼 펼쳐진 삼등실에 들어서면 누구랄 것도 없이 스타일이 구겨진다. 설령, 제주를 찾는 기분에 들떠 옷매무시에 힘을 주고 머리를 매만졌다고 해도, 적당한 파도와 너울로 울렁이는

삼등실에서 한두 시간쯤 구르고 나면, 보따리를 베고 누운 할머니나 구멍 난 양말을 신고 나온 줄도 모르고 큰 대자로 누워 자는 고단한 오십줄의 사내, 그들과 우리가 별반 다르지 않음을 느끼게 된다.

삼등실을 뒹굴고 있는 그들은 어쩌면 삼류인생의 끝자락, 우리가 내일이란 시간을 살다가 마주하게 될 우리의 미래일지도 모른다. 그렇다고 당황하거나 서러워만 할 일은 아니다. 일등실의 침대칸에 누운 일류인생, 그들 역시 추자도를 스쳐갈 때쯤이면 첫아이를 잉태한 여인의 입덧처럼 흔들리는 바다에 고전하고 있을 터. 벽에 막혀 보이지 않을 뿐, 그들에게도 배는, 바다는 자신의 힘으로 어찌할 수 없는 거대한 운명일 뿐이다.

그렇다면 목포에서 제주 가는 카페리에 오른 사람들, 그들이 일등실 혹은 삼등실을 차지하고 있다 하더라도 배 멀미에 힘겨운 시간을 견뎌야 한다는 점에서는 평등하다. 이것은 아주 작은 평등이라 부를 수 있다. 생각의 방향을 살짝 틀면 우리는 스스로에게 이처럼 사소한 위로를 줄 수 있다.

바람 1 • 제주 캠핑 2

이 바람은 어디서 오는가. 섭지코지 해변에 둥지를 튼 나의 텐트를 향해 살랑살랑 불어오는 바람. 제주의 푸른 밤을 딛고 와 테이블에 놓인 책장을 넘기고, 내 머리칼을 가벼이 쓸고 가는 이 바람은 어디서 오는가. 영혼의 밑바닥까지 부드럽게 어루만지는 바람에는 풋풋한 향기가 있다. 생머리를 찰랑이며 걷는 여인을 스쳐 지날 때 훅 끼쳐 오는 샴푸 향 같은.

시인 서정주는 '자화상'에서 자신을 키운 것은 팔할이 바람이라고 고백했다. 그는 가난과 천대의 굴레에서 벗어나기 위해 스물세 해를 바람처럼 떠돌았다. 시인에게는 바람이 되어, 그물이나 잔가지에도 걸리지 않는 바람이 되어 세상 속을 부유하는 것만이 가도 가도 부끄러운 세상을 향한 젊은 날의 유일한 저항이었다.

나에게도 바람 같은 시절이 있었다. 세상의 모든 것이 나를 구속한다고 느끼던 서른 즈음, 그녀가 나에게 작별을 고했다. 천백이십삼 일을 함께했던 사랑

TRAPICHE

이 지나갔다. 그녀의 이별 통보는 내가 세상과 맺은 모든 인연을 싹둑 자르라는 신호와도 같았다. 그녀와 이별한 순간부터 내게는 사랑도, 일도, 친구도 의미가 없었다. 더 이상 서울이란 공간에 내가 설 자리는 없다고 여겼다. 바람이 되고 싶은 욕망만이 가슴속에서 풍선처럼 부풀어 올랐다.

바람을 꿈꾼 나의 첫 여정은 제주도였다. 오늘처럼 계절이 가을을 굴려 겨울로 가던 때, 나는 제주의 바다를 헤맸다. 비자림의 깊은 숲에서 잠들었고, 마라도의 등대 아래에도 몸을 뉘었다. 그때도 바람은 오늘처럼 풍성한 그리움을 안고 밀려왔던 것으로 기억한다. 그 많은 제주의 푸른 밤 중에서도 성산포를 잊지 못한다.

그날 섭지코지의 모래언덕 속에 텐트를 쳤다. 성산포에 저녁노을이 물드는 것을 보며 술잔을 걸쳤다. 외로웠다. 세상의 인연을 모두 끊고 바람이 되어 떠돌고 싶다는 욕망은 보름을 버티지 못했다. 그녀가 떠난 빈자리가 너무 컸다. 그녀에 대한 그리움은 보름을 향해 가는 상현달처럼 커져만 갔다.

술을 너무 많이 마셨다. 바다가 흔들렸다. 나는 실성한 사람처럼 해변을 걸었다. 도저히 그대로 쓰러져 잠들 수가 없었다. 오늘 밤은 짐승처럼 울어야 속이 풀릴 것 같았다.

부드럽게 밀려오는 파도가 발목을 적셨다. 나는 파도의 위로를 받으며 이생진 시인의 '그리운 바다 성산포'를 뇌까렸다.

성산포에서는
남자가 여자보다
여자가 남자보다
바다에 가깝다
나는 내 말만 하고
바다는 제 말만 하며
술은 내가 마시는데

취하긴 바다가 취하고
성산포에서는
바다가 술에
더 약하다

그날 밤 그녀에게 전화를 했다. 수화기에 들려오는, 떨리는 그녀의 목소리를 확인한 후 나는 말도 없이 수화기를 바다에 가까이 대줬다. 술에 취한 성산포의 파도 소리를 그녀에게 들려주고 싶었다. 파도가 해변을 핥으며 부서지는 그 잔잔한 흔들림을 느끼게 하고 싶었다.

얼마쯤 흘렀을까. 그녀는 아직 수화기를 들고 있었다. 그녀도 파도처럼 소리 없이 울고 있었다.

바람 2 • 제주 캠핑 3

칼끝처럼 매서운 바람이다. 비자림 깊은 숲속에 텐트를 쳤는데도 바람이 사정없이 분다. 텐트를 마구 흔들어댄다. 폴이 부러질 것처럼 휘어진다. 바늘만 대면 펑 하고 터지는 풍선처럼 텐트가 부푼다. 오름에 붙혀 있던 저주받은 영혼이 다 쏟아져 나와 텐트를 흔드는 것 같다.

텐 트 가 사 시 나 무 처 럼 흔 들 린 다.

무섭다. 텐트와 함께 송두리째 날아갈 것만 같은 공포가 밀려온다. 오늘 같은 바람이면 산굼부리에 깃든 억새도 뿌리째 뽑힐 것 같다. 우도 보리밭의 성긴 돌담도 와르르 무너질 것 같다. 잠은 요원하고, 새벽은 멀다.

그 밤, 생애 처음 간절한 마음으로 새벽이 오기를 기다렸다.

우도의 사랑 • 제주 캠핑 4

우도를 사랑한다.
섬 속의 섬을 사랑한다.
손톱처럼 투명한 조개껍질 파도에 젖는 산호사 해변을 사랑한다.
찰랑찰랑 밀려오는 너울 너머
그리움으로 솟은 한라산을 사랑한다.

돌담을 사랑한다.
골목이 미로처럼 얽힌 상우목동을 사랑한다.
파도처럼 싱그러운 청보리밭을 사랑한다.
해풍에 해진 비바리의 얼굴처럼
모난 돌들이 쌓여 만든 돌담을 사랑한다.
인어의 노래처럼 파도 소리 메아리치는 검멀래를 사랑한다.

밤마다 남지나해를 태양처럼 비추는
소머리 오름의 등대를 사랑한다.
소머리 오름의 절벽 끝에 피어나
성산포를 향해 방끗 웃는 해국을 사랑한다.
술패랭이꽃을 사랑한다.

오름 속의 작은 오름
허물어진 봉분 위
까마득한 날에 저승밥 먹은
비바리의 무명 저고리 같은 구절초를 사랑한다.

나는 또 사랑한다.
곱게 빗질한 마당처럼
고요한 호수로 변한 하고수동 앞바다
어부들이 집어등 환하게 밝혀 갈치 낚는 밤을 사랑한다.
텐트 출입문이 액자가 되어 그 풍경을 담아내는
우도의 밤을 사랑한다.
꿈속까지 찾아올 그 풍경과 마주하는
오늘 이 밤을 사랑한다.
사랑하고 사랑하고 사랑하고
또 사랑한다.
우도에서 사랑은 끝이 없다.

바다, 비바리가 온몸으로 쓰는 인생사 • 제주 캠핑 5

물속 바위에 부딪힌 파도가 해변까지 날아오는 스산한 날
우도의 비바리들이 물질을 한다.
성급한 서울 처녀가 제주를 찾은 감흥에 겨워
신발을 벗은 채 산호사 해변을 거닐 때,
그녀의 친구들이 너무 춥다며 어서 나오라고 호들갑을 떠는 그날
비바리들은 머리를 타넘는 파도 속에서 자맥질을 하며
소라나 해삼, 전복을 건져낸다.

그들이 잿빛 하늘을 향해 오리발을 치켜들고 물속으로 들어갈 때마다
해변에서는 감탄의 소리가 터져 나온다.
그들은 선수다.
물개다.
아니다.

그들은 사람이다.
두 발로 걸어 다니기를 좋아하는 사람이다.
이렇게 바람이 맵찬 날에는 구들장을 지고
세상만사 이야기로 풀기 좋아하는 아주머니, 혹은 할머니다.

그들이 이 추위에 물질을 하는 것은 살기 위해서다.
포기할 수 없는 삶 때문이다.
주석덩어리를 천형처럼 허리에 두르고
심장이 터질 것 같은 숨을 참으며
파도를 넘고 다니는 것은
살기 위해서다.

비바리들은
해삼이나 소라, 전복
혹은, 찰거머리처럼 달라붙는 문어를 잡아내는 갈퀴손으로
생때 같은 자식들 공부시켰다.
그 자식들 모두 떠난 지금,

빈 소라껍질 같은 집에서
또 모진 목숨 잇기 위해
물질을 하는 것이다.

몸에 비늘이 돋고,
뱃속에 부레가 생길 만큼
많은 시간을 물속에서 살아온 그들,
그들도 사람이다.
그들도 고단한 몸을 뭍에서 말리고 싶은 사람이다.

그러니 소라 해삼 전복 한 접시 만 원
우습게 보지 마라.
투박하게 썰어내는 소라 한 접시에
누군가의 고단한 한 생애가 담겨 있다.
그대의 입속에서 오돌오돌 씹히는
상큼한 바다향이 물씬한 해삼 한 점은
이 바다가 삶의 전부였던 한 비바리가 온몸으로 쓴 인생사다.

언제나 지나간 것들은 그립다.

내 가슴에 별이 되어 남은 사람들.

그들은 지금 어디서 무엇이 되어 있을까.

그들도 나처럼 가끔 별을 보며

잊힌 사람들, 세월의 저편에서 반짝이고 있을 추억을 떠올릴까.

나를 기억해줄까. 참 별이 많은 밤이다.

겨울

별무리 헤며 불러보는 그리운 사람 하나

참 별도 많은 밤이다. 툭 터진 하늘에서 쏟아져 나온 별들이 유리알처럼 반짝인다. 은하수가 흘러가는 모습도 선연하다. 왜일까. 겨울이 오고, 밤이 길어질수록 밤하늘의 별은 왜 많아지는 걸까. 별은 왜 손발이 꽁꽁 얼도록 추운 날에 더 또렷하게 빛나는 걸까.

별빛 가득한 밤하늘을 올려다보노라면 그리운 사람들의 얼굴이 하나 둘씩 떠오른다. 일찍이 윤동주가 읊었던 그 처연하고도 맑은 시처럼 별 하나에 사랑과 사람과 시절을 그려보게 된다. 그 사람들 속에는 이제는 남처럼 느껴지는 빛바랜 흑백사진 속의 나도 있다. 그리고 또, 얼굴이 눈처럼 하얗던 그 아이도.

중학교 3학년 때다. 충주가 고향인 친구가 전학을 왔다. 하모니카를 구수하게 잘 불었던 녀석과 나는 금방 친구가 됐다. 당시 나는 클래식 기타에 심취해 있었다. 우리는 고입시험이 코앞인데도 틈만 나면 녀석의 자취방에 뒹굴며 하

모니카와 기타 합주를 한다고 폼을 잡곤 했다.

중3의 겨울방학은 지루했다. 온종일 방구들 지고 빈둥빈둥 노는 것이 전부였다. 그때 친구에게서 편지가 왔다. 고향집으로 놀러 오라는 것이었다. 나는 쾌재를 불렀다. 심심해서 주리를 틀던 차에 그보다 반가운 일이 없었다. 게다가 그것은 내 생애 처음 홀로 떠나는 여행이었다. 자연스레 마음이 들뜰 수밖에.

친구의 고향집은 내가 상상하던 것보다 훨씬 오지였다. 아침 일찍 나섰지만 친구가 일러준 버스 승강장에 도착한 것은 점심을 한참 넘긴 후였다. 산골의 짧은 해는 뉘엿뉘엿 서산을 넘어가려던 참이었다. 친구는 버스 승강장에서 한 시간 가까이 나를 기다렸던 터라 귓불이 홍시처럼 얼어 있었다. 우리는 서둘러 친구의 집으로 향했다.

친구의 집은 멀었다. 길은 가도 가도 끝이 없었다. 나는 그처럼 높고 큰 산을 처음 보았다. 길은 눈이 하얗게 쌓인 산 사이로 나 있었다. 친구의 말로는 이 길을 따라가다 고개를 넘으면 경상도 땅이라고 했다. 지금 돌이켜보면 친구의 집은 월악산 뒤편의 어느 산골이었던 것 같다. 하지만 그때는 그곳이 어딘지조차 가늠할 수 없었다. 다만 그 먼 곳에서 청주까지 유학을 온 친구가 신기할 따름이었다.

한 시간쯤 걸었을까. 친구는 이제 다 왔다며 피곤한 나를 달랬다. 그때 길 저쪽에서 한 청년이 나타났다. 어깨가 넓은 그 청년은 사람 좋게 웃으며 다가오더니 덥석 내 가방을 낚아챘다. 나는 그가 친구의 형이거니 생각했다. 그러나 성큼성큼 앞서서 걷는 그를 두고 친구가 한 말은 나를 아연 실색케 했다.

"우리 집에서 머슴 사는 형이야."

머슴! 이게 무슨 말인가. TV문학관도 아니고, 1980년대에 머슴이라니. 친구의 말에 따르면 그 형은 일찍 부모를 여의고 친척 집에 얹혀살다가 초등학교도 못 마치고 자기 집에 머슴을 살러 들어왔다고 했다. 가을에 1년치 새경을 주는데, 재산이 제법 된다고 했다. 친구는 형이 몇 해만 더 일하면 독립할 수 있을 거라는 말도 덧붙였다. 나는 친구의 이야기를 들으면서도 그것을 사실로 받아들이기가 어려웠다. 요즘 세상에 머슴이라니.

나는 친구의 집에서 귀한 대접을 받았다. 친구의 부모는 내가 이 촌구석까지 와준 것에 대해 진심으로 고마워했다. 또한 자식이 대처에서 친구를 사귄 것도 대견스럽게 여겼다. 내가 친구네 집에서 융숭한 대접을 받는 동안 머슴, 아니 나보다 세 살 많은 그 형은 이른 새벽부터 해가 기울 때까지 일했다. 그는 아침 저녁으로 세 곳의 아궁이에 군불을 땠다. 또 아침저녁으로 소죽을 써서 여물을 먹이는 것도 그의 몫이었다. 낮에는 몇 번이고 지게 가득 땔감을 져 날랐다. 그의 일은 사발에 고봉으로 저녁밥을 먹은 후에야 끝이 났다.

저녁을 물리고 나면 우리들의 시간이 시작됐다. 나와 친구, 친구의 고향 친구들은 머슴 형의 사랑방을 아지트 삼아 모였다. 우리들은 시큼한 총각 냄새가 물씬한 형의 방에서 밤늦도록 화투를 쳤다. 화투에서 단연 돋보인 사람은 형이었다. 그는 어떤 종류의 화투를 쳐도 늘 승자였다. 민화투만 알고 있던 나는 그에게서 고스톱이나 육백, 뽕 같은 걸 처음 배웠다.

화투만 잘 친 게 아니었다. 형의 손끝은 아주 매웠다. 노동으로 다져진 그의 힘은 상상 이상이었다. 당시 돈이 없었던 우리들은 판돈 대신 손가락으로 이마와 손목 때리기를 걸고 화투를 쳤다. 물론 대부분 형의 승리로 끝났다. 그러면 형은 싱글싱글 웃으며 박달나무처럼 단단한 손가락을 흔들어 보였다. 형이 그 손가락으로 이마를 때릴 때는 별이 번쩍했다. 형이 검지와 중지를 모아 손목을 때릴 때는 손목이 끊어지는 것처럼 아팠다. 그렇게 맞고 난 다음날 아침이면, 이마는 혹처럼 부어올랐고, 손목에는 손가락 자국이 선명하게 피멍이 들었다. 그 모습을 보고 친구의 엄마가 깜짝 놀라기도 했다. 그래도 나는 신이 났다. 미처 몰랐던 어른들의 세계를 훔쳐보는 재미가 꿀맛이었다.

그때 머슴 형과 함께 그 사랑방을 빛나게 해준 아이가 있었다. 나와 한 살 터울인 친구의 사촌 여동생이었다. 그 아이는 큰집에 만두 빚은 것을 전해 주러 왔다가 얼떨결에 우리 패거리와 합세했다. 그후 그 아이는 내가 친구 집에 머물던 사흘 내내 찾아와 밤늦도록 어울렸다.

나는 그 아이를 처음 볼 때부터 가슴이 뛰었다. 친구와 친구의 친구들은 그 아이와 한 동네에 사는 탓인지 거리낌 없이 행동했다. 그러나 나는 그 아이와 같이 있으면 고개도 들지 못했다. 어쩌다 눈이라도 마주치면 황급하게 시선을 깔았다. 얼굴이 화끈거렸고, 심장이 쿵쾅쿵쾅 뛰었다. 그때 내 나이 열다섯. 이제 막 사춘기에 접어들 때였다.

지금에서야 고백하건대, 그 아이가 밤마다 형의 방으로 왔던 것은 자신의 뜻이 아니었다. 나의 부탁을 뿌리치지 못한 친구의 도움이 있었기에 가능했다. 친구는 저녁이면 무슨 볼 일이 있는 것처럼 그 아이 집으로 갔고, 그 아이는 자기를 일부러 데리러 온 사촌오빠를 뿌리치지 못했던 것이다.

그 아이와 처음 손을 잡은 것은 이불 속에서였다. 그때 우리는 화투가 시들해지면 여러 가지 게임을 했다. 그중 하나가 전기 게임이었다. 둥그렇게 둘러앉아 이불 속에서 손을 맞잡고 하는 이 놀이는 술래가 신호를 보낸 사람을 맞히는 게임이다. 신호는 마주잡은 손을 움켜쥐는 것으로 보냈다.

전기 게임을 할 때 그 아이는 내 오른편에 앉았다. 우리는 검은색 물을 들인 무명 이불 속에서 손을 맞잡았다. 우람한 내 손 안에 그 아이의 손이 쏙 들어왔다. 가슴이 콩닥콩닥 뛰었다. 손바닥이 금방 땀으로 축축해졌다. 나는 신호를 보냈다. 나는 그 아이의 손을 살짝 움켜쥐었다가 놓았다. 얼마 후 신호가 왔다. 그 아이가 내 손을 살짝 움켜쥐었다가 놓았다. 우리는 그렇게 신호를 주고받았다. 놀이를 하는 동안 단 한 번도 그 아이를 정면으로 바라본 적이 없었다. 그러나 나는 이불 속에 맞잡은 손을 통해 나의 애틋한 마음이 그 아이에게 전달되고 있다고 믿었다. 나는 전기 게임을 하면서도 밤새도록 이 놀이만 했으면 좋겠다고 생각했다. 내가 처음 이성에 눈뜬 그 밤이 영원토록 계속되기를 빌었다.

손톱만 한 초승달이 나뭇가지에 걸린 칠흑 같은 밤. 그 아이를 집에 바래다주고 돌아오다 하늘을 봤다. 아, 별은 어떻게 저리 많을 수 있을까. 밤하늘에서는 폭죽이 터진 것처럼 별빛이 쏟아져 내렸다. 흰 눈이 세상을 뒤덮은 그 밤에 나는 생애 가장 많은 별을 봤다.

세월은 유성처럼 흘렀다. 지금은 친구 얼굴도, 친구 집에서 머슴을 살던 형도, 나에게 풋사랑의 가슴 설렘을 안겨주었던, 얼굴이 눈처럼 희던 그 아이의 얼굴도 다 잊혔다. 그들은 모두 반짝이는 별이 되어 내 기억의 저편에서 빛나고 있을 뿐이다.

언제나 지나간 것들은 그립다. 내 가슴에 별이 되어 남은 사람들. 그들은 지금 어디서 무엇이 되어 있을까. 그들도 나처럼 가끔 별을 보며 잊힌 사람들, 세월의 저편에서 반짝이고 있을 추억을 떠올릴까. 나를 기억해줄까. 참 별이 많은 밤이다.

나를 기억하는 일

아무도 들을 수 없는 노래를 부르거나
누구도 관심을 두지 않는 몸짓으로 흔들리거나
춤을 추거나
가늠할 수 없는 슬픔에 젖거나
지금 선 자리가 지구별과 반대되는 우주의 외딴 곳으로 느껴지거나
밟아도 꿈틀할 줄 모르는 깊고 깊은 우물 속이거나
내 영혼이 유리병에 갇혀 더 이상 누군가와 교감할 수 없거나
나란 존재가 너무 작아서 눈물이 날 때나
서러운 눈물을 닦아줄 누군가가 곁에 없거나
할 때

나에게 보내는 나의 위로만큼 따뜻한 게 또 있을까.

나를 사랑하는 일
나를 껴안는 일
나를 기억하는 일

내가 나에게 보내는 작은 위로다.

MOCHA

그는 지금도 텐트 한 동이 전부다

그를 처음 만났을 때를 기억한다. 잡지사에 입사하던 날, 잘 부탁한다면서 악수를 건네는 손길이 뭔가 허전했다. 내 눈길이 아래로 쏠렸다. 그의 손가락이 세 개였다. 새끼손가락과 약손가락이 없었다. 눈길을 들어 그의 얼굴을 바라봤다. 그는 싱끗 웃었다.

그와는 자주 파트너가 되어 취재를 다녔다. 등산 전문잡지다 보니 산을 오르내리는 일을 밥 먹듯이 해야 하는 시절이었다. 힘든 산행을 하면서도 그의 표정은 언제나 한결같았다. 땀을 많이 흘리는 체질이었지만 얼굴에는 항상 미소가 흘렀다. 내가 오름길에 지쳐 숨을 헐떡일 때도 보채는 일 한 번 없었다. 그저 뒤에서 묵묵히 선 채로 숨을 조절할 뿐이었다. 그는 세 개의 손가락으로도 무거운 카메라를 잘도 움켜쥐었다. 정상인인 내가 잡아도 휘청할 만큼 무거운 카메라를 들고 산길을 뛰어다니며 사람과 산을 앵글에 담았다. 손이 곱아드는 겨울, 꽁꽁 언 가죽 등산화의 끈을 조이기 위해 안간힘을 쓸 때는 그가 안쓰럽기도 했다. 그러나 그때도 그는 씩 웃을 뿐이었다.

나는 그의 손가락에 얽힌 사연이 궁금했다. 하지만 그 사연을 물어볼 수는 없었다. 자칫 그에게 큰 상처를 줄 수도 있겠다 싶었다. 어쩌다 둘이서 야영을 할 때면 손가락은 어쩌다 그렇게 된 것이냐는 질문이 목청까지 올라왔지만 애써 참았다. 그가 자기 입으로 이야기할 때까지 기다리기로 했다. 그러나 잃어버린 손가락에 대한 사연을 들은 것은 그가 아닌 그의 후배로부터였다.

그가 손가락을 잃은 것은 대학 산악부 시절이었다. 봄볕이 좋던 어느 날, 그는 산악부 선후배들과 대구 팔공산으로 암벽등반을 하러 갔다. 선배가 먼저 등반을 했고, 그는 확보를 봤다. 혹시라도 선배가 추락하면 줄을 잡아 그를 안전하게 지켜주는 게 그의 임무였다. 그런데, 사고가 났다. 선배가 추락한 것이다.

그는 본능적으로 자일을 움켜쥐었다. 그의 몸이 하늘로 붕 떴다. 선배가 추락하는 충격이 그대로 그에게 전달된 것이다. 그의 몸은 내동댕이쳐지듯 바위에 부딪혔다. 순간 그는 손이 불에 덴 것처럼 뜨거워지는 것을 느꼈다. 잠시 후 감당할 수 없는 고통이 밀려왔다. 고통은 자일을 움켜쥔 손에서 뻗쳐왔다. 그가 바위에 부딪힐 때 자일을 움켜쥔 손이 먼저 부딪혔고, 선배가 추락하면서 급속하게 딸려나가던 자일이 그만 칼이 되어 그의 손가락을 자른 것이다.

그는 자일을 놓고 싶었다. 견딜 수 없는 고통에서 놓여나고 싶었다. 그러나 놓을 수가 없었다. 그가 자일을 놓는 순간 자일의 반대편에 매달려 있는 선배는 까마득한 벼랑 아래로 추락하기 때문이다. 그는 이를 악물며 고통을 참았다. 손가락의 감각이 느껴지지 않았지만 자일을 놓쳐서는 안 된다는, 마음에서 들려오는 강한 주문에 따라 손에 온힘을 가했다. 그가 자일을 붙잡고 사투를 벌이는 동안 멍하게 바라보던 동료들이 뒤늦게 정신을 차리고 달려들었다. 그는 동료들이 자일을 단단하게 잡았을 때까지도 자일을 움켜쥐고 있었다.

두 개의 손가락은 그렇게 떠나갔다. 화가가 되고 싶던 미술학도의 꿈도 날아갔다. 그러나 그는 누구도 원망하지 않았다. 뚝심 좋은 경상도 사내는 좌절하지 않았다. 다만, 다른 길을 찾아 나섰다. 그는 붓 대신 카메라를 잡았다. 화폭에 담고 싶던 화가의 꿈을 카메라 앵글에 담기로 했다.

손가락에 얽힌 사연을 알고 난 뒤 한동안 그를 존경했다. 자일 파트너가 되면 생과 사를 함께 나눈다는 산사나이들의 지독한 우정의 한 단면을 본 것 같았다. 말보다 항상 행동이 앞서는 이 우직한 사내의 사내다움에 매료됐다. 그러나 그후로도 그는 한 번도 손가락 사연에 대해 말한 적이 없었다.

그와는 일 년쯤 함께 일했다. 세상이 크리스마스를 앞두고 들떠 있던 1996년 겨울. 그는 잡지사에 작별을 고했다. 사진을 더 배우고 싶다며 유학을 간다고 했다. 망치로 뒤통수를 한 대 얻어맞은 느낌이었다. 유학을 준비하려면 하루 이틀이 걸리는 게 아닐 텐데, 그는 그동안 자물쇠를 채운 것처럼 입을 봉하고 있다가 작별인사 한마디를 남기고 떠나는 것이었다. 경상도 사내라더니.

그와의 인연은 끊어질 듯 끊어질 듯 이어졌다. 그 세월이 족히 십 년은 됐다. 풍문에 그는 동영상을 찍는 카메라맨이 되었다가 다시 작은 방송국의 프로듀서가 됐다고 했다. 언젠가 한 번은 여행길에서 우연히 그를 만나기도 했다. 그러나 그것도 잠시, 스쳐 가는 바람처럼 우리는 헤어졌고, 또 얼마 동안은 연락도 없이 각자의 인생을 살아왔다. 어쩌다 그의 소식을 들으면 듬직한 어깨와는 허전하게만 보이던 그의 손을 떠올려보는 것으로 안부를 대신했다.

그러던 어느 날, 그에게서 전화가 왔다. 전화번호를 정리하다 생각이 나서 전화했다고 했다. 우리는 서로의 안부를 주고받았다. 나는 요즘도 산에 다니냐고 물었다. 그는 가끔 산에 가기는 하지만 요즘은 캠핑을 다닌다고 했다. 아이들이 생기고 난 뒤의 변화라고 했다. 시간이 되면 함께 캠핑을 가자는 말도 덧붙였다.

그는 지금도 잡지사 시절 메고 다니던 그 조그만 텐트를 가지고 다닌다고 했다. 어른 둘이 들어가면 딱 맞던 에코로바 5인용 텐트. 그 텐트에서 사내 다섯이 겨울잠에 들어간 뱀처럼 서로의 몸을 칭칭 감아 겨울밤을 지새운 적이 있었다. 고약한 땀 냄새와 발 냄새로 숨이 턱턱 막히면서도 온기가 그리워 서로의 몸을 난로 삼아 껴안고 자던 밤이 있었다. 그 텐트를 지금도 쓰고 있다고 했다. 젖은 장갑과 양말을 말리던 콜맨 휘발유 스토브와 짐승의 눈처럼 어둠을 훑던 페츨 헤드랜턴, 밥그릇도 되고 커피잔도 되고 술잔도 되던 씨에라 컵을 지금도 쓰고 있다고 했다.

나는 수화기에서 들려오는 그의 이야기를 듣는 것만으로도 그의 캠핑이 상상이 됐다. 그가 친 작은 텐트 속에서 오순도순 사랑을 나누는 가족의 모습이 그려졌다. 세 개의 손가락으로도 힘차게 망치질을 하고, 반짝반짝 윤이 나게 코펠을 닦는 그를 떠올릴 수 있었다. 그는 그가 가진 것들, 추억을 제외하면 이제는 낡고 볼품없어진 그 캠핑 장비를 지금껏 소중히 갈무리하며 그만의 캠핑을 즐기고 있을 것이다.

그런 생각을 하자 그를 만나고 싶은 생각이 간절했다. 젊은 날의 추억이 서린 그 텐트를 다시 보고 싶었다. 그와 술잔을 나누며 그의 허전한 손 이야기도 물어보고 싶었다. 이제 남의 눈치를 보거나 미안해하지도 않는 나이가 된 것을 핑계 삼아 젊은 날의 방황과 고뇌를 묻고 싶은 마음이 들었다.

어쩌면 우리는 캠핑장에서 너무 많은 것을 누리려 하는지 모른다. 콘크리트 도시를 벗어나 자연의 품을 찾아간다고 외치면서도 사실은 문명의 이기와 편리를 그곳에도 넘치게 하려고 든다. 값비싼 장비가 캠핑 이력을 말해준다고 믿는 캠퍼, 명품에 열광하는 통속적인 인간 군상을 캠핑장에서 발견하기도 한다. 그런 곳에 과연 진정한 캠핑의 가치가 있을까.

가벼워지자. 조금은 부족하게 떠나자. 자연에 대한 갈망과 사람에 대한 그리움, 여기에 이슬을 피할 수 있는 작은 텐트 하나면 충분하다고 여기자. 우리의 여장이 가벼워질수록 자연 속으로 한 걸음 더 다가갈 수 있다고 믿자.

작은 깃털 하나

몇 달 동안 모습을 감췄던 친구로부터 캠핑을 가자는 연락이 왔다.

안락의자에 앉아 모닥불을 쬐고 있는 친구 부부는 편안해 보였다. 그는 잠수를 했던 몇 달 사이 일이 있었다고 했다. 둘째가 생긴 것이다. 첫째와 열 살 터울이다.

"축하해."
"뭘. 무거운 깃털 하나 어깨에 내려앉은 건데."
"무거운 깃털?"
"낙타는 아주 작은 깃털 하나 더해졌을 뿐인데, 그 깃털의 무게 때문에 사막을 빠져나오지 못할 수도 있대."
"……."

이 땅에 사는 남자의 어깨는 무겁다. 그들의 어깨에는 지구의 무게가 실려 있다. 작은 깃털 하나만 더해져도 털썩 주저앉을 만큼 그들이 지고 있는 삶이란 짐은

무

겁

다.

이 무거운 짐을 지고 그들은 어디를 향해 가고 있는 것일까. 그곳에 종착역은 있는 걸까.

동요는 슬프다

동요는 슬프다. 아이들의 밝은 마음과 미래에 대한 희망으로 재기발랄해야 할 동요는 슬프다. 적어도 내가 어릴 적 듣고 자란 동요는 그렇다.

대학교 1학년 때다. 밤새 퍼마신 술에 취해 잔디밭에 널브러져 있었다. 함께 밤을 지새운 덩치가 산만한 동기 녀석이 뜬금없이 찔레꽃을 불렀다. 느릿느릿 끊일 듯 말 듯 부르는 소리에 이끌려 나도 모르게 따라 불렀다. 노래가 끝이 났을 때 녀석은 그 큰 덩치로 훌쩍거리고 있었다. 내 눈에도 눈물이 번졌다. 대학교 1학년. 우리는 생애 처음 어머니와 긴 이별을 하고 있었다.

꼭 찔레꽃만 그런 게 아니다. '오빠생각' 이나 '반달' , '섬 집 아이' , '해당화' 처럼 지금도 술술 따라 부를 수 있는 동요들 모두가 눈물샘을 자극한다. 시절 때문이라고 말한다. 가난하고 힘든 시절에 만들어진 노래는 우울한 단조 풍을

띤다고 한다. 그랬다. 이제 중년을 바라보는 사내들이 살아온 유년시절, 그 시절은 가난하고 힘들었다. 부족한 것 없이 자라는 요즘 아이들의 당당한 모습을 볼 때 간혹 당혹스러운 것도 그때문이다. 그러나 시간을 부정할 수는 없는 일이다. 우리는 그 시절을 살아왔고, 또는 견뎠다. 어른이 되어서도 위로에 목말라하고, 청승맞은 곡조를 들을 때마다 서럽게 울고 싶은 것은 다 그 시절 탓이다.

가을이 깊어지고, 낙엽들이 나목 사이로 몰려다닐 때면 마음을 적시는 동요가 있다. 김소월의 시에 가락을 붙여 만든 '부모' 다.

낙엽이 우수수 떨어질 때 겨울의 기나긴 밤 어머님하고 둘이 앉아
옛이야기 들어라 나는 어쩌면 생겨나와 이 이야기 듣는가
묻지도 말아라 내일 날에 내가 부모 되어 알아보리라

70허 8282

어릴 적 이 노래를 들으면 서러워 울컥했다. 왜 서러웠을까. 나는 이 노래에서 어렴풋이나마 인생을 느꼈다. 사람이 태어나고 더불어 살다가 죽는다는 거역할 수 없는 자연의 순리를 알아버렸다. 아무도 대답해줄 수 없는 인생이란 것, 내가 다시 부모가 되어 알 수밖에 없는 세월의 진실 같은 것을 깨우친 것이다.

'부모' 의 노랫말 속 어디에도 삶과 죽음을 상징하는 단어는 없다. 그러나 먼 길을 돌아가듯 아우르는 노랫말의 행간에서 나는 생명이 있는 것들이 감내해야 하는 고통의 그림자를 보았다. 무엇보다 서럽고 두려웠던 것은 이별이었다. 나를 둘러싼 세상, 세상의 전부와 다름없는 어머니와 헤어지는 일은 상상만으로도 가슴이 미어졌다. 라디오에서 흘러나오는 이 노래를 듣다가 서러운 나머지 어머니의 가슴팍에 얼굴을 묻고 영영 떨어지지 않을 것처럼 달라붙어 있었던 것도 그때문이었다. 이별, 그것은 어린 나에게 세상에서 가장 슬픈 일이었다.

세월이 흘러 내가 부모가 됐다. '부모'를 듣다가 서러워 가슴이 미어졌던 소년에게는 그때 그만한 나이의 아이가 생겼다. 그리고 동요 속 그 겨울밤처럼, 어머니와 마주앉아 나누던 이야기들을 다시 아이와 나누고 있다.

모닥불을 쬐며 나긋한 목소리로 '부모'를 불러본다. 그 노래와 함께 유년시절로 달려간다. 누군가 꽁꽁 숨겨두었던 생의 비밀을 엿보고는 서러워서 그만 울어버렸던 그 시절로 시간여행을 떠난다.

첫눈 오는 날

눈이 내린다.
함박눈이 내린다.
서해바다에 눈이 내린다.
목선들이 몸을 맞댄 채 삐거덕거리는 대천항에 눈이 내린다.
펄떡이는 고기를 들어 보이며 고래고래 소리치는
수산시장 아줌마 얼굴에도 뽀송뽀송한 눈송이가 내린다.

눈이 내린다.
함박눈이 내린다.
텐트 지붕에 소곤소곤 사각사각 눈이 내린다.
머언 곳에 여인의 옷 벗는 소리*로 눈이 내린다.
추억의 날개 때 묻은 꽃다발**로 눈이 내린다.
세상이 가만가만 흰옷으로 갈아입고
순결한 그리움을 새록새록 지핀다.

시간은 조용히 저녁을 딛고 밤으로 간다.
밤은 오는지도 모르게 찾아와 앞산 솔숲에 서성거린다.
눈은 계속 내린다.

깃털처럼 가벼운 눈이 사뿐사뿐 내린다.
늦은 봄날 지는 벚꽃처럼
꿈결처럼 몽롱하게 내린다.

눈이 내린다.
쌓인 눈이 텐트 지붕을 미끄럼틀 삼아 쏜살같이 흘러내린다.
노란 나트륨등 아래
낙화하는 눈꽃송이의 행진은 끝이 없다.
참을 수 없는 유혹이다.
아이처럼 눈을 맞고 싶다.
강아지처럼 깡충깡충 뛰면서
소복하게 쌓인 눈을 밟고 싶다.
뺨에 녹아드는 눈송이의 서늘한 기운을 느끼고 싶다.

눈이 내린다.
겨울밤은 소리 없이 깊어가고,
잉걸불처럼 빨간 와인 잔을 기울이다
적당히 취기가 오른
우리는 말이 없다.
겨울이 오는 소리에 마음 준 채
그 밤이 깊어지도록 내버려둔다.

밤새 눈이 내리던 그 밤
나는 추억으로 가는 막차를 탔다.

* 김광균 시인의 '雪夜' 에서
** 김광균 시인의 '눈 오는 밤의 시' 에서

인연 뒤에 남는 것

종로5가의 등산장비점 골목은 여전했다. 내가 처음 군화처럼 둔탁하고 무거운 가죽 등산화를 사러 왔던 17년 전이나 지금이나 별반 달라진 게 없었다. 대학시절, 나는 이곳을 제집 드나들듯 했다. 집에서 보내오는 생활비를 아껴서 등산 장비를 하나씩 마련할 때의 그 뿌듯함을 지금도 또렷하게 기억한다.

어둠이 자욱하게 내린 비좁은 골목을 지나 닭칼국수 골목으로 접어들었다. 이곳도 한때는 문턱이 닳도록 드나들던 곳이다. 김칫국에 끓여 내는 닭 한 마리를 뜯고, 남은 국물에 칼국수를 푸짐하게 넣어 먹으면 세상을 다 얻은 것처럼 든든했다. 오

늘도 그때처럼, 닭칼국숫집마다 서둘러 사무실을 빠져 나온 직장인들로 왁자지껄했다.

눈에 익은 닭칼국숫집이 보였다. 문을 열자 구수한 닭칼국수 냄새가 확 끼쳤다. 식당 안쪽에서 여럿이 손을 흔들었다. 낯익은 얼굴들이 화살처럼 날아와 박혔다. 얼마 만에 만나는 반가운 얼굴들인가. 나도 반갑게 손을 흔들었다.

나에게는 동지라 부르는 사람들이 있다. 내가 등산잡지에서 일하던 이십대 후반, 백두대간을 함께 종주했던 사람들이다. 그들과는 꼬박 이 년 동안 산을 탔다. 스물 갓 넘은 처녀에서 사십대 중반의 육군 중령까지 서른 명쯤의 우리들은 매달 산을 내려온 그 자리에서 다시 산에 올라 백두대간을 훑어갔다.

우리는 적어도 한 달에 이틀은 산에서 밤을 보냈다. 비가 오면 비를 맞았고, 눈이 오면 눈을 맞았다. 길을 잃고 헤맬 때는 바위를 끌어안고 밤을 샜다. 영하 30도를 넘는 혹한에는 동면에 들어간 뱀처럼 서로의 몸을 난로 삼아 잠을 잤다. 물이 없는 고통의 밤은 또 어떠했던가. 그 고난에 찬 시간을 우리는 전설이라 불렀다.

그후 십 년 세월이 흘렀다. 백두대간에서 맺은 우정은 영원할 거라던 우리의 다짐에도 조금씩 균열이 갔다. 나와 그들의 관계가 소원해졌다. 아니, 그들은 늘 그 자리에 있었다. 바쁜 것은 늘 나였다. 나는 가뭄에 콩 나듯이 모임에 나갔을 뿐이지만, 그들은 한 달에 한 번쯤은 산에서, 종로6가의 닭칼국숫집에서 돈독한 우정을 나누어왔다. 나는 늘 그들과 함께하지 못하는 부채감에 시달렸다. 오늘 어렵게 시간을 낸 것도 그때문이었다.

세월이 많이 흐르긴 한 모양이었다. 옛 얼굴이 희미해질 만큼 달라진 사람도 있었다. 수줍음이 많던 앳된 처녀는 아줌마 티를 풀풀 내며 초등학교에 다니는 아들 자랑을 늘어놨다. 군납 건빵을 원 없이 먹게 해줬던 육군 중령은 진즉에 예편해서 요즘은 결혼식 주례로 소일하고 있다고 했다. 르망 자동차에 6명의 동지들을 태우고 산길을 누볐던 '운짱'은 지금도 모임에 참석하는 사람들의 교통편을 걱정하고 있었다. 그때 초등학교 5학년으로 우리들의 사랑을 독차지 했던, 만화가 형님의 아들은 벌써 군 복무 중이라고 했다.

그렇게 옛 동지들의 얼굴을 하나씩 확인하며 눈빛을 나누는데, 한 사람이 보이지 않았다.

"영선이 누님은요?"

내 질문에 갑자기 모두의 표정이 어두워졌다. 늘 모임의 중심이 되는 만화가 형님이 무겁게 입을 열었다.

"영선이 먼저 갔다. 지난겨울에 췌장암으로 먼저 저세상 갔어. 걔 하늘나라로 가기 전에 입만 열면 백두대간 얘기만 했대. 그때 산에서 함께 뒹굴던 우리들 이름 하나씩 부르며 그 얘기만 했대. 그런데 죽기 전에 한 명도 부르지 않았어. 그렇게 보고 싶어 하면서도 아무도 부르지 않고 갔어."

나는 둔기로 머리를 얻어맞은 기분이었다. 내가 말없이 술잔을 들자 만화가 형님이 말을 이었다.

"너두 알지? 걔 마흔 넘어서 시집간 거. 장례식장에 갔는데, 다섯 살 난 딸이 있더라. 초승달처럼 눈초리 처지고, 얼굴이 새하얀 게 엄마 쏙 빼닮았더라고. 그걸 두고 어떻게 갔을까."

잠시 침묵이 흘렀다.

"오늘은 그래서 모인 거야. 이제 두 달에 한 번씩은 모이기로 했어. 한 사람이 오든 두 사람이 오든 간에 약속을 잡을 거야. 여기도 좋고, 산도 좋고 다 좋아. 누군가 떠났다면 최소한 인간의 도리는 해야 되는 거 아니냐? 더 이상 작별인사도 없이 보내지는 말아야 하잖아?"

백두대간 동지의 부고를 들은 게 이번이 처음은 아니다. 사 년 전에는 종주대를 이끌던 우리들의 영원한 대장이 세상을 떴다. 북한산에서 암벽등반을 하다 추락한 것이다. 산에 다니는 사람이 산에서 죽는 것만큼 영예로운 것도 없다지만, 그는 너무 젊었다. 그에게는 여드름꽃이 피기 시작하는 생때같은 아들과 곱게 눈 흘길 줄 아는 아내가 있었다.

그를 보내던 날 많이 울었다. 마지막까지 그와 함께해주지 못한 것이 미안했다. 그가 떠난 것이 서러웠다. 이제 내 곁의 사람들이 하나 둘씩 떠나는 것이 서러웠고, 내가 그들을 떠나보내야 하는 나이가 됐다는 것이 서러웠다. 그러나 나의 미안함은 그때뿐이었다. 그후로도 나는 모임에 소원했고, 그가 마지막 등반을 했던 북한산의 암벽에 그를 기리는 동판을 붙일 때도 함께하지 못했다.

그런데 오늘 또 한 사람의 부고를 접한 것이다. 나는 연거푸 술잔을 들이켰다. 취하지 않고는 견딜 수 없는 밤이었다. 나는 그녀가 미웠다. 작별 인사도 없이 서둘러 떠난 그녀가, 아니 떠나보내서는 안 될 사람을 데리고 간 세월이 야속했다. 나 자신에게도 화가 났다. 그들이 필요로 하는 자리에 언제나 부재했던 나란 존재가 그토록 원망스러울 수 없었다.

그날 나는 또 사람들의 신세를 졌다. 급하게 마신 술 탓에 술자리가 파하기도 전에 깍두기 접시에 코를 박고 말았다. 술자리가 파한 후 '운짱'은 몸도 가누지 못하는 나를 택시에 태워 집으로 보내는 것으로 마지막까지 자신의 임무를 다했다.

세상은 흘러간다. 그러나 흘러가도 좋을 때 자연스럽게 흘러갔으면 한다. 이렇게 깊은 슬픔을 남기면서 떠나지는 말았으면 한다. 산에서 나눴던 그 깊은 인연과 밤을 새워도 다 할 수 없는 추억, 서로에게 보냈던 굳건한 신뢰, 이 모든 것을 안고 모두가 오래오래 우정을 나누다 별이 되기를 소망한다.

텐트에 걸어놓은 온도계의 수은주가 영하 17도를 가리켰다. 까마귀도 얼어 죽을 만큼 추운 날씨다. 서둘러 난로에 불을 지폈다. 따끈한 온기가 텐트 안으로 퍼졌다. 밖이 환해졌다. 게으른 동짓달 해가 동편 산마루를 넘어온 것이다. 텐트 문을 열었다. 햇살이 어루만지는 숲에 상고대가 하얗게 피어났다. 순결하고, 눈부셨다.

카메라를 챙겨 들었다. 서두르다 보니 양말 신는 것을 잊어버렸다. 걸음을 뗄 때마다 맨발의 살갗에 닿는 섬뜩한 기운이 느껴졌다. 숨을 크게 들이켰다. 얼어붙은 공기가 폐부를 찔렀다. 카메라를 잡은 손은 얼었고, 귓불은 홍시처럼 붉었다. 그러나 설레는 마음을 억누를 수가 없었다. 이 지독한 겨울이 흘러가는 모습을 사진에 담고 싶었다.

떡갈나무와 자작나무, 겨울이 가면 사그라질 잡풀 대궁에 달라붙은 상고대

까지 카메라에 담은 뒤 돌아오는 발걸음이 뿌듯했다. 난롯가에 앉아 몸을 녹였다. 새벽 댓바람부터 고생한 보람을 확인하고 싶었다. 액정화면을 켰다. 그런데 아무것도 뜨지 않았다. 아뿔싸, 카메라에 메모리카드가 없었다. 빈 카메라만 정신없이 돌린 것이다. 그 순간 내가 누른 카메라 셔터만큼, 기록하고 싶었던 겨울 풍경이 풍선 터지듯, 내 기억 속에서 빠르게 지워졌다. 시린 겨울 아침의 산책은 그렇게 허무하게 끝났다.

메모리카드 없이도 삶을 기억한다는 것은 얼마나 다행스런 일인가. 만약, 우리를 스쳐 가는 모든 시간들이 메모리카드 없는 카메라와 같다면, 뒤를 돌아보았을 때 지나간 시간이 그저 백지장처럼 새하얗게 비어 있다면, 그 당혹감을 어떻게 견뎌낼 수 있을까.

기억하라
생이 허락하는 순간까지.
설령, 육체가 허물어져 그 기억들이 가뭇없이 훌훌 날아간다 해도
깨어 있음으로 기억하고
살아 있음으로 기억하라.
그 소중한 기억을 나누라.

서로의 기억이 모이면
끊기고 토막 났던 시간의 틈도 메워질 것이며,
우리의 삶도 그대, 혹은 당신과 조금 더 가까워질 것이다.
기억하는 시간들이 고통이거나 상처라도
위로가 되고 치유가 될 것이니,
기억하라, 생이 허락하는 순간까지.

DIY 캠퍼

나는 그를 DIY 캠퍼라 부르기로 했다. 그의 캠핑 장비는 첫눈에도 호기심을 불러일으켰다. 유명 메이커는 눈을 씻고 찾아봐도 없었다. 대부분 '남대문표'였다. 어떤 장비는 한 번도 같은 브랜드를 본 적이 없는 것이었다. 자잘한 장비들은 집에서 사용하던 것을 그대로 가져온 듯했다. 그것도 대부분 빛이 바래고 낡았다. 오래 사용할수록 사용감이 돋보이는 명품이나 캠퍼의 경력을 말해주는 그런 빈티지와는 거리가 멀었다.

DIY 캠퍼는 사이트도 독특한 방식으로 꾸렸다. 그는 텐트 두 동을 결합해 침실과 리빙쉘을 만들었다. 보통 리빙쉘은 전용 텐트를 사용하지만 그는 낡은 캐빈형 텐트를 이용했다. 그것은 창의성보다는 임기응변에 가까웠다. 어디서도 그런 텐트의 조합을 본 적이 없다. 그는 야전침대와 테이블을 야외에 놓았는데, 테이블의 상판이 원목이라 눈길을 끌었다. 보통 원목을 이용해 만든 테이블은 아주 비싸다. 그러나 테이블을 자세히 들여다보니 원목이 아니었다. 원목

무늬의 장판을 합판에 씌워서 만든 자작품이었다. 그를 DIY 캠퍼라 부르기로 한 것은 그 테이블을 확인한 후였다.

참 독특한 스타일의 캠퍼도 있구나 싶었다. 그러나 그와는 특별히 인사를 나누지 않았다. 그는 하루 종일 야전침대에 누워 자다가 생각난 듯이 캠핑장을 한 바퀴 돌곤 했다. 그게 전부였다. 책을 읽거나, 요리를 하거나, 캠핑의 낭만을 즐기기 위한 어떤 일도 하지 않았다. 그는 마치, 이곳이 집이나 되는 것처럼 행동했다. 기실 주말의 캠핑장에서라면 그를 그렇게까지 주목하지는 못했을 것이다. 내가 캠핑을 간 것은 주중이었고, 캠핑장에는 그와 우리 텐트 두 동이 전부였다. 당연히 그에게 신경이 쓰였다.

다음날 아침. 커피를 마시며 해바라기를 하고 있을 때 산책에서 돌아온 그가 텐트 앞을 지나갔다. 우리는 서로 눈이 마주쳤다. 나는 가볍게 목례를 했다. 하룻밤을 같이 지내고 나면 은연중에 친밀감을 갖게 되는 게 캠핑장이다. 나는 그 정도의 친밀도를 표시하려 한 것뿐이었다. 그런데 갑자기 그가 캠핑 장비 참견을 하며 말을 건넸다.

난감했다. 나는 누군가 나의 캠핑 장비에 대해 이러쿵저러쿵 입방아 찧는 것을 좋아하지 않는다. 내 캠핑 장비는 20여 년 가까이 써온 것들이라 낡았다. 요즘처럼 오토캠핑에 맞게 편리성을 갖춘 장비도 드물다. 또 캠퍼들이 이름만 들어도 몸살을 앓는 그런 유의 브랜드를 가지고 있지도 않다. 다만, 이십여 년을 한 몸이 되어준 나의 장비에 대한 고마움을 갖고 있을 뿐이다.

그러나 내가 반응을 보이자 반색을 하며 말을 걸어오는 그를 외면할 수가 없었다. 할 수 없이 그에게 커피를 대접했다. 그는 커피를 홀짝이며 자신의 캠핑 이야기를 쏟아내기 시작했다. 그는 자신이 경력이 풍부한 캠퍼라고 했다. 지금도 집에서 자는 것보다 텐트에서 자는 것이 좋아 일부러 캠핑장을 찾은 것이라고 했다. 그는 이름만 대면 누구나 아는 산악인과 함께 캠핑을 한 적도 많다고 했다. 겨울에는 승합차를 개조해서 만든 캠핑카를 이용해 오토캠핑을 즐긴다고도 했다.

그의 말에는 허풍이 많았다. 그의 캠핑 예찬론도 전혀 연륜이 느껴지지 않았다. 어느 구석도 노련한 캠퍼와는 거리가 멀었다. 나는 이미 그가 쓰는 캠핑 장비가 어떤지에 대해서 알고 있었다. 그가 겨울에 즐겨 이용한다는 캠핑카가 사실은 승합차 바닥에 매트리스를 깔아놓은 게 고작이란 것도 알고 있었다. 어디까지 들어주어야 할까. 나는 그쯤 해서 그가 자신의 텐트로 돌아가기를 바랐다.

하지만 나는 끝내 그의 말을 가로막지 못했다. 장광설을 늘어놓고 있는 그에게서 어떤 간절함 같은 걸 느꼈다. 나를 바라보는 그의 눈빛은 제발 내 이야기를 들어달라고 호소하는 듯했다. 그는 하고 싶은 말이 많아 보였다. 캠핑 예찬은 핑계이고, 진정으로 그가 말하고 싶은 것은 따로 있는 듯한 눈치였다. 그의 가슴 깊은 곳에 절망 같은 것이 도사리고 있는 듯했다. 그러고 보니 그는 나에게 말을 걸기 위해 계속해서 기회를 엿보고 있었던 것으로 보였다. 그가 자주 산책을 나섰던 것은 나의 동정을 살피기 위함이었던 것이다.

무엇일까. 그가 시원하게 털어놓고 싶은 속사정은 무엇일까. 나는 그가 무슨 말이든 계속 하도록 내버려두기로 했다. 그가 스스로 속내를 털어놓기를 기다리기로 마음먹었다. 그러나 그는 주저했다. 그는 말문이 막혀 머뭇거릴 때도 캠핑에서 화제를 돌리지 못했다. 나는 기회를 보다가 살짝 물어봤다.

"혹시, 하시고 싶은 이야기 있으면 하세요. 제가 들어드리지요."

"이야기요? …… 없어요."

대답을 마친 그는 말을 잊었다. 그는 시선을 돌려 강 건너 절벽을 바라봤다. 한참을 그렇게 먼 곳을 응시하다가 말문을 열었다.

"참…… 사는 게……."

KOVEA

거기까지가 끝이었다. 그의 말은 더 이상 이어지지 않았다. 한참 동안 침묵하던 그가 커피를 마시려고 고개를 돌렸다. 그의 눈가에 이슬이 반짝했다. 나는 모른 척했다.

그의 커피잔이 비었다. 나는 꼭지에서 김이 모락모락 나는 주전자를 들어 그의 커피잔을 채워줬다. 다시 침묵이 흘렀다. 그는 자리를 털고 일어섰다.

"커피 잘 마셨습니다. 텐트 친 것 보니까 연륜이 대단하시네요."

DIY 캠퍼는 오후에 떠났다. 그가 있던 자리는 말끔하게 치워졌다. 그가 온종일 누워 있던 야전침대도, 원목 무늬 장판을 합판에 붙여 만든 테이블도, 빛바랜 남대문표 텐트도 없었다. 다만 텐트가 있던 자리만 뽀송뽀송 말라 있을 뿐이었다.

세상의 남자들은 누구에게도 말 못할 사연 하나쯤은 가지고 있다. 때로는 혼자 그 비밀을 지고 가는 것이 죽을 만큼 힘겹기도 하다. 그러나 남자라는 이유로 힘들어도 힘들다 말하지 못한다. 아파도 아픈 모습을 보이지 않으려 한다.

가슴속 응어리진 절망이 자신을 나락으로 등 떠밀어도 속으로만 삭이려 한다. 그게 남자라고 믿는다. 그것이 승자만이 살아남는 비정한 사회에서 가족을 위해 목숨 걸고 싸워야 하는 수컷의 운명이라 여긴다. 자신이 얼마나 위로에 굶주렸는지, 비밀을 털어놓고 싶은 친구를 얼마나 애타게 찾고 있는지 알면서도 남자는 차마 힘들다 말하지 못한다.

카파도키아의 추억

"이 좋은 것을 혼자만 하고 있었단 말이야?"

"좋으세요?"

"그럼, 이런 호사가 또 어디 있어? 세상천지가 눈인데, 텐트 속에 들어앉아 따끈한 난로 쬐며 와인 마시는 재미를 어디서 맛볼 수 있겠어?"

"선배가 그런 소리를 하니까 이상하군요."

"왜? 나는 이런 호사를 누리면 안 되나?"

"선배는 안 가본 곳 없잖아요? 세상의 좋은 곳이란 곳은 모두 가볼 수 있는 여행기자로 살아왔잖아요? 선배는 캐나다 퀘벡의 얼음호텔에서 자봤잖아요?

북극곰 가죽을 씌운 얼음 침대에서 아침을 맞았잖아요? 일본 아키타의 눈으로 만든 집에서도 따끈하게 데운 청주를 마셨잖아요? 가마쿠라라 부르는 이글루에서 오늘처럼 함박눈 내리는 모습을 바라봤잖아요?"

"그랬지. 하지만 그곳에 있을 때 나는 혼자였어. 그곳에는 당신처럼 이야기를 주고받을 친구가 없었어. 당신도 알잖아? 여행이 주는 호사스런 고독과 쓸쓸함 말이야. 그런데 오늘은 달라. 당신이 있고, 눈이 있고, 와인이 있고, 입에 착착 달라붙는 문어와 소라 같은 안주가 있잖아."

"지금도 여행이 좋으세요?"

"응. 좋아. 올해 열 번쯤 외국엘 갔어. 일 년에 백 일은 해외에서 지낸 셈이야. 내년에도 그만큼 또 외국에 나갈 거야. 적어도 한 달에 한 번씩은 해외로 취재를 갈 거야. 당신도 한때 그렇게 살았잖아? 여행을 좋아했잖아?"

"혼자만의 여행은 할 만큼 했지요. 그게 직업 때문이든, 좋아서든지 간에요. 그런데 돌이켜보면 그때 여행 다녔던 게 남의 일처럼 여겨져요. 마치 신기루를

따라 다녔던 것만 같아요."

"나는 지금도 여행이 좋아. 배낭만 보면 가슴이 설레지. 하지만 오늘 밤은 정말 특별해. 이렇게 행복한 기분은 오랜만이야. 겨울 캠핑이 이렇게 운치 있는 줄 처음 알았어. 밖에서 눈을 좀 맞아야겠어, 눈 맞으며 와인 마시는 멋을 부려도 괜찮겠지?"

"물론이죠. 캠퍼라면 누구나 눈 오는 날의 캠핑을 꿈꾸죠. 눈은 평등합니다. 누구나 가질 수 있고, 누구나 누릴 수 있는 행복을 주니까 말이에요."

·
·
·

"우리가 얼마 만에 함께 여행을 떠난 거지?"

"사 년 만이네요. 터키 카파도키아가 마지막이었죠? 그러고 보니 그곳이 처음이자 마지막이었네요."

"그런가? 서로를 많이 알고 있다고 생각했는데……."

"카파도키아의 암굴집 기억하세요? 기독교인들이 박해를 피해 버섯 모양의 바위에 굴을 파고 숨어 살았다는 그 동굴로 된 집 말이에요. 스머프가 사는 집의 모델이 되었다고 했잖아요?"

"그럼, 기억하고말고. 그때 버섯 바위 위로 낮달이 떴고, 그 하늘을 배경으로 당신과 기념사진을 찍었지. 새벽 동이 트기 전에 열기구를 타고 하늘로 올라갔던 일도 생각나는군. 참 독특한 풍경을 간직한 곳이었지."

"텐트를 칠 때마다 그 암굴집을 떠올리곤 해요. 암굴집이 종교적 신념을 지키기 위한 이들의 마지막 안식처였던 것처럼, 텐트는 제가 숨 쉴 수 있는 마지막 지상의 거처 같은 느낌이 들어요. 내가 지켜야 할 가치와 신념이 이 텐트 안에 있다는 믿음 같은 게 생겼어요."

"어려운 이야기군."

"앞으로는 선배처럼 자유롭게 떠날 수 없을 거예요. 가보고 싶은 곳이 아직 많이 남아 있지만 꿈꾸지 않기로 했어요. 그렇다고 서운하지는 않아요. 내가 잃은 것만큼 또 무엇인가가 그 빈자리를 채워주는 게 인생이잖아요?"

"그건 당신 말이 맞아. 사는 일은 물이 흘러가는 것과 같아. 길이 막히면 얕은 곳을 찾아 흘러가기 마련이지. 물은 근원의 바다에 닿을 때까지 한시도 멈추지 않거든."

"예전에는 인생이 혼자 흘러가는 거라고 생각했어요. 혼자 걷고, 혼자 여행하고, 혼자 격정에 취하는 그런, 자아만이 유일한 동행이라 생각했어요. 지금은 아니에요. 내 안에 가족이 있어요. 영원한 동행이 생긴 거죠."

"그건, 등 기대고 쉴 수 있는 든든한 나무를 얻은 거야. 가족은 사람으로 살아가면서 발견할 수 있는 가장 고귀한 가치야. 축하해."

.
.
.

"눈이 참 곱죠?"

"그래 정말 고와. 이렇게 오랫동안 눈을 바라본 적이 있을까. 아마 처음일 거야. 고마워. 나에게 눈을 선물해줘서. 오늘은 내 생애 가장 행복한 겨울 중에 하루일 거야."

"눈은 제가 드리는 선물이 아닙니다. 자연이 베푼 거죠. 겨울을 찾아 나선 이들이라면 누구나 가질 수 있는 그런 선물. 그게 전부죠. 마음껏 즐기세요."

내 낡은 텐트

캠핑장에 도착했을 때는 아직 해가 많이 남아 있었다. 우선 좋은 자리를 골라 텐트를 쳤다. 텐트를 다 쳐놓고 보니 많이도 낡았다. 이 텐트는 십오 년간 나와 함께한 캠핑의 동지다. 연둣빛 본체에 감홍색 플라이가 반짝반짝 윤이 나던 시절도 있었는데, 지금은 빛이 바랬다. 당김줄을 세게 당기면 부르르 찢어질 것처럼 탄력을 잃었다. 연륜이라 하기에는 이제 너무 초라하다. 습기를 막아주는 플라이의 방수막은 해질 대로 해져 보푸라기가 일었다. 그 모습이 안쓰럽다. 내 젊은 날을 함께 뒹굴었던 친구 아닌 친구가 퇴락해가는 모습을 지켜보는 것은 씁쓸하다. 나는 이 텐트와 함께 무슨 일을 했던가.

이 텐트를 메고 백두대간을 종주했다. 이 텐트는 산을 오르는 고통에 악을 쓰고, 사람이 그리워 절망하던 밤에 말없이 제 속에 나를 품어주었다. 눈이 무릎까지 쌓인 지리산에서 모진 삭풍을 막아준 것도 이 텐트였다. 나무마다 핏물

이 뚝뚝 떨어지는 것처럼 단풍이 물든 시월의 주왕산에서 그리운 이에게 편지를 쓸 때도 녀석은 제 품을 내주었다. 빗줄기가 우악스럽게 퍼붓던 설악산 서북릉. 몸을 날려버릴 것 같은 바람에 오도 가도 못하고 꼬박 하루를 능선에서 보낼 때도 이 텐트는 온몸이 부서져라 나를 껴안았다.

이 텐트에서 사람됨의 도리를 배웠다. 안도현 시인이 "연탄재 함부로 발로 차지 마라 너는 누구에게 한 번이라도 뜨거운 사람이었느냐"('너에게 묻는다') 며 골목에 나뒹구는 연탄재에서 각박한 시절을 살아야 하는 우리들의 마지막 양심을 찾았다면, 나는 이 텐트에서 희생정신을 배웠다.

텐트는 얇은 천조각과 그것을 세워주는 가느다란 폴이 전부다. 텐트는 그것

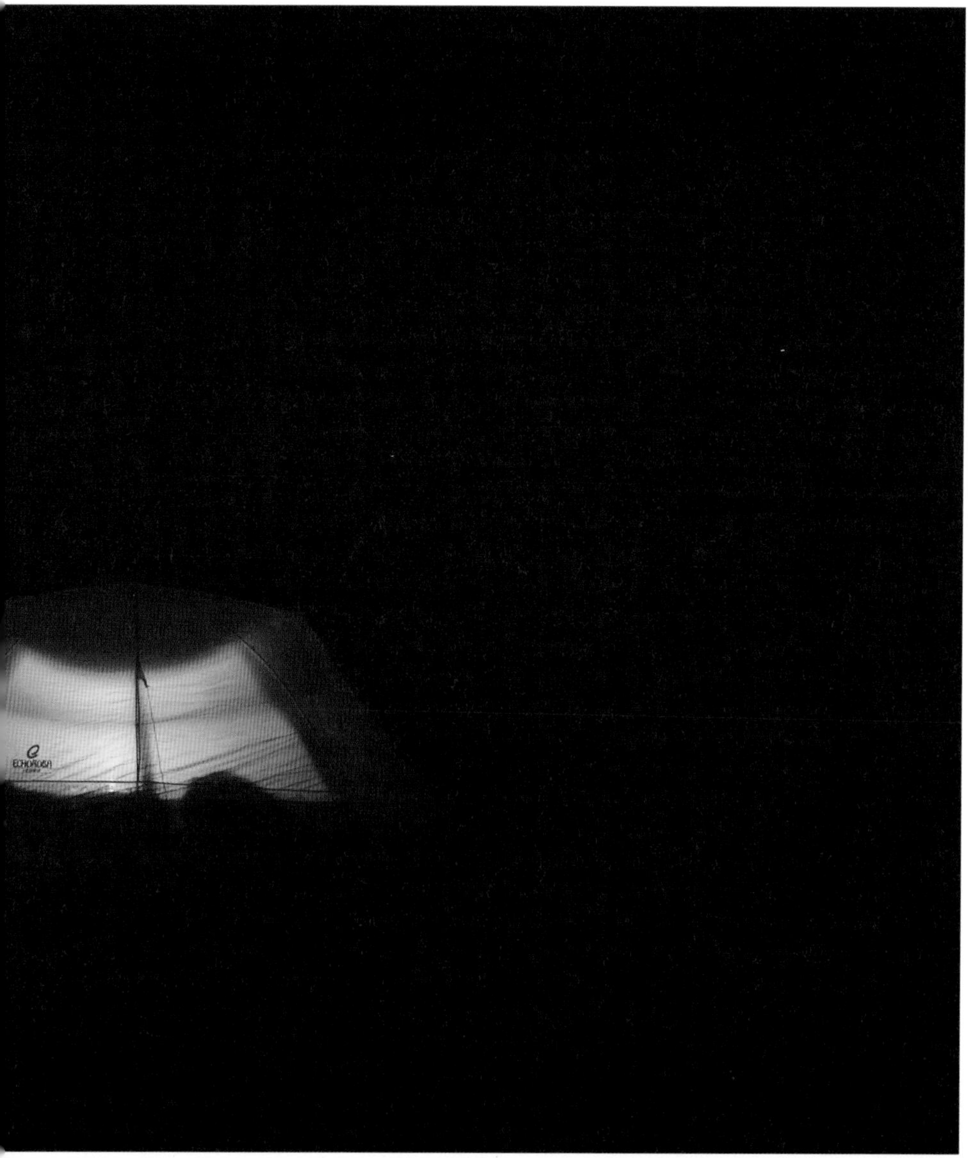

만으로 자연계의 모든 변화에 맞서 캠퍼를 지켜준다. 태양이 이글이글 불탈 때도, 빗발이 송곳처럼 박힐 때도, 바람이 제 몸을 갈가리 찢어버릴 것처럼 불 때도, 사람들의 꿈마저 꽁꽁 얼어붙는 겨울밤에도 텐트는 서 있다. 그 안에 잠든, 태양과 비, 바람과 눈보라를 맞기에는 너무 나약한 인간을 품고 말이다. 텐트의 희생을 모성애에 비유한다면 언어도단일까.

이제 나의 텐트는 퇴역을 앞두고 있다. 나의 텐트는 더 이상 빗줄기를 막아주지 못한다. 비가 조금만 와도 텐트 속이 흥건하게 젖는다. 나의 텐트는 더 이상 바람을 막아주지 못한다. 플라이가 삭아 T자로 찢어진 구멍을 통해 바람이 제집처럼 드나든다. 나의 텐트는 더 이상 추위와 싸우지 못한다. 겨울밤마다 머리맡에 둔 물병이 꽁꽁 어는 것을 지켜만 보고 있다.

그럼에도 캠핑을 떠날 때 으레 손이 가는 것은 이 텐트다. 이 텐트 말고도 싱싱한 텐트가 몇 개 더 있다. 하지만 날씨가 나쁘지 않으면 나의 선택은 늘 이 텐트다. 언젠가 이 텐트의 플라이가 살풀이춤을 추다 가르는 명주천처럼 찢어지거나 폴이 부러져 털썩 주저앉으리라는 것을 알면서도 나는 이 텐트의 최후를 함께하고 싶다. 그것이 한 시절을 함께한 동지에 대한 예의라고 생각한다.

다큐멘터리 영화 〈워낭소리〉에는 희생에 대한 서글픈 단상이 등장한다. 노인이 젊은 소에게 먹일 꼴을 베러 제 몸도 건사하지 못하는 늙은 소를 끌고 가는 장면이 그것이다. 병들어 지친 노인과 소, 그들은 마지막 순간까지 함께하며 서로에 대한 애정을 확인한다. 자신의 소명을 다하고 스러지는 순간까지 함께 해주는 것, 그것이 지금껏 나를 위해 헌신했던 텐트에 대한 마지막 배려가 아닐까.

텐트 속에 누웠다. 바람이 잔가지를 훑고 지나는 소리가 귓가에 머문다. 그 소리 가운데는 텐트의 밭은 기침소리도 들린다. 플라이가 찢어진 구멍 사이로 바람이 드나들 때마다 텐트는 바르르 떤다. 아무래도 집으로 돌아가면 훈장을 달아주어야겠다. 찢어진 자리에 천을 덧대 텐트를 위로해줄 작정이다. 나는 아직 이 텐트와 작별할 준비가 돼 있지 않다.

다가올 과거를 기다리며

12월의 마지막 달력이 넘어간다. 한 해가 지나간다. 지금 이 글을 쓰고 있는 이 시간도 잠시 후면 과거가 되어 추억의 책갈피에 갈무리될 것이다.

시간은 그렇게 가는 것. 민들레 홀씨처럼 가볍게 날아간다. 미래라 부르는 시간도 결국은 다가올 과거일 뿐, 모든 것은 시간 속으로 사라진다. 그러나 살아 있는 자에게 시간이 할퀴고 간 자국은 선명하다.

우리가 기억하는, 지나간 시간은 왜 아프기만 한 걸까. 왜 기억의 방에는 너무 아파서 다시는 꺼내고 싶지 않은 슬프고, 고통스런 기억들로 가득한 걸까. 물론, 그 속에는 행복한 순간도 있으리라. 기쁨의 눈물을 흘렸던 시간도 있으리라. 다만, 고통의 기억에 가위눌려 빛나지 않을 뿐.

한 해를 보내며 다시 기억의 방을 들춘다. 그 기억의 방에 우리가 미래라 부르는, 다가올 과거를 대입시켜본다. 다가올 과거는, 미래는 아프지 않다. 외롭지 않다. 새날에 대한 희망이 있다. 비상하는 힘이 있다.

인생은 매듭짓기의 연속이다. 아기가 처음으로 뒤집기를 하거나 "엄마"를 외치거나, 처음으로 혼자서 등교를 하거나, 정든 교정을 떠나거나, 우리 생애 전환점이 되는 순간들을 맞이하는 것은 모두 인생의 한 매듭이다.

그 매듭의 시기는 각자 다르다. 그러나 시간은, 우리가 초 · 분 · 시 · 날 · 월 · 년을 따져 만든 시간은 모두에게 공평한 매듭을 지어준다. 12월은 계절의 순환이 마침표를 찍는 달이다. 한 해를 세월 속으로 떠나보내는 매듭의 시간이다. 그 매듭을 묶으며 다가올 과거를 기다린다.

아듀, 청춘이여.

사르락…… 사르락…….

텐트 지붕에 쌓인 눈이 쓸려 내려가는 소리에 눈을 떴다. 난로의 온기가 희미하다. 잠자리 들기 전에 넣은 장작이 거의 다 탄 모양이다. 난로 가득 장작을 넣은 후 잉걸불에 두어 번 입김을 불어넣자 불꽃이 활짝 피어난다. 다시 온기가 텐트 속으로 퍼진다.

아내는 곤히 잠들어 있다. 나는 아내의 얼굴을 한참 동안 물끄러미 쳐다봤다. 희미한 난로의 불빛이 물든 얼굴 어디에도 내가 알던 수줍음 많던 소녀의 모습은 없다. 처마에 매달린 고드름처럼 투명하고 생기 넘치던 청춘을 찾아볼 수가 없다. 세월이 벌써 이만큼 흘러온 것이다. 한 남자의 아내로, 한 아이의 엄마로 살아온 시간들이 그녀의 젊음을 데려갔다.

연민. 내가 세상에서 배운 가장 소중한 말이다. 이 말에는 사랑하면서도 그 마음만큼 해줄 수 없는 미안함, 사랑하면서도 쑥스러워서 표현할 줄 모르는 안타까움, 사랑하면서도 동행이 되지 못하는 쓸쓸함이 배어 있다.

내가 불쌍하고 가련하게 여기는 것은 무엇일까. 나의 연민은 어디를 향하는 걸까. 아내일까. 아이일까. 잃어버린 꿈일까. 나 자신일까. 덧없이 흘러가고 만 청춘일까. 아직도 불안하기만 한 미래일까. 살아갈수록, 견뎌낼수록 오히려 알 수 없는 인생일까.

이 모든 것은 따로 존재하지 않는다. 내가 아는 모든 것, 나를 둘러싼 모든 것이 연민의 대상이다. 여기에 선과 후는 없다. 더 중요한 일과 덜 중요한 일도 없다. 다만, 그 시절의 나에게 도드라져 다가오는 것이 있을 뿐이다.

젊은 시절의 나는 이대로 끝날 것 같은 꿈이 안타까워 발버둥 쳤다. 그 꿈이 가뭇없이 세월 속으로 사라져 간 지금, 나의 고뇌와 방황을 지켜보면서 힘겹게 삶의 고비를 넘어가고 있는 사람에게 깊은 연민을 느낀다. 그는 내 아내다. 어쩌면 미래의 어느 날은 짧은 꿈 같은 허망한 인생에 대한 연민으로 마음 아파할지 모른다.

중심에서 너무 멀어졌다고 느낄 때 나는 두렵다. 물놀이에 정신이 팔렸다가 문득 강변에서 멀어졌다는 것을 알았을 때, 어둠이 깔린 들판에 홀로 서서 돌아본 집이 아득하게 보일 때, 나는 온몸의 힘이 빠져나가는 무기력과 공포를 느낀다. 세상 밖으로 뛰쳐나가고 싶은 욕망을 좇아 젊음을 소진하던 그때도 그랬다. 지구 반대편에 나 홀로 버려졌다는 허전함을 견디지 못하고 낯선 거리에 선 채 목 놓아 울었다.

나는 돌아왔다. 중심으로 돌아왔다. 나를 중심으로 이끈 것은 가족이었다. 젊은 날의 꿈과 이상이 연기처럼 사라진 후 절망하던 나를 품은 것은 가족이었다. 그 따뜻함은 어린 시절, 세상에 홀로 남겨진 것 같은 헛헛함을 이기지 못하고 강둑길을 달려와 안기던 어머니의 품과 같았다. 가족은 세상 밖으로 튕겨 나가고 싶은 나의 원심력을 단단하게 움켜쥐고 있었고, 그 힘으로 나는 중심으로 돌아올 수 있었다. 돌이켜보면 나의 방황은 중심으로 가기 위한, 가족의 품으로 돌아가기 위한 것에 지나지 않았던 것이다.

머리에 희끗희끗 새치가 돋아나는 나이가 되어서야 가족에게 갚아야 할 빚이 있다는 것을 깨달았다. 이것은 몇 푼의 돈으로 갚을 수 있는 게 아니다. 나에게 허락된 남은 시간을 모두 들여야 하는 빚이다. 이 빚을 갚기 위해서는 무한한 애정과 신뢰가 필요하다.

마음속에 가둬둔 그리움이나 표현하지 않는 사랑 같은, 과거의 연민은 필요 없다. 더 이상 말하지 않는 그리움은 그리움이 아니다. 표현하지 않는 사랑은 사랑이 아니다. 헌신하지 않는 행동은 행동이 아니다. 그것이 우리 시대의 연민이다.

난로의 장작에 제대로 불이 붙은 모양이다. 훈훈한 온기가 텐트 안에 가득하다.

사르락…… 사르락…….

텐트 지붕에 쌓여 있던 눈이 미끄럼을 타고 내려간다. 겨울밤은 그렇게, 내리는 눈과 함께 깊어간다. 내일 아침이면 밤새 내린 눈으로 세상이 도화지처럼 하얗게 변해 있을 것이다.

도판 목록

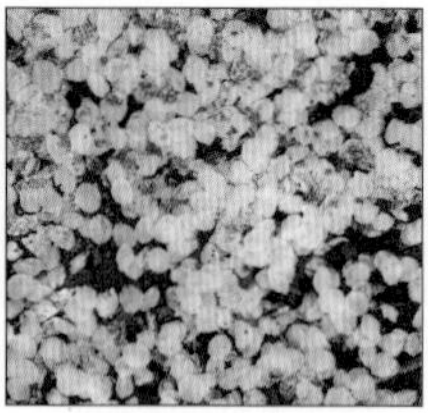

98p 지리산 바래봉
(전북 남원)

104p 밴프 국립공원
(캐나다 앨버타)

107p 재스퍼 국립공원
(캐나다 앨버타)

112p 방태산 자연휴양림
(강원도 인제)

116p 방태산 자연휴양림
(강원도 인제)

121p 살둔캠프
(강원도 홍천)

129p 댐스터 하이웨이
(캐나다 노스웨스트 준주)

132p 조양강
(강원도 정선)

135p 조양강
(강원도 정선)

139p 화이트 샌드
(미국 뉴멕시코)

142p 청포대
(충남 태안)

147p 헤인즈
(미국 알래스카)

151p 바이칼 호수
(러시아 이르쿠츠크)

154p 헤인즈
(미국 알래스카)

159p 옥화 자연휴양림
(충북 청원)

164p 미천골
자연휴양림(강원도 양양)

168p 미천골 자연휴양림
(강원도 양양)

172p 구례포 석갱이
(충남 태안)

182p 송호 해수욕장
(전남 해남)

185p 땅끝 오토캠핑장
(전남 해남)

190p 밴프 국립공원
(캐나다 앨버타)

193p 메가 캠핑장
(경기도 포천)

198p 금강(충북 영동)

201p 송호리 솔밭(충북 영동)

204p 가인 야영장
(전남 장성)

209p 방화동 가족휴양촌
(전북 장수)

218p 푸름 유원지
(경기도 가평)

227p 밤벌 오토캠핑장
(경기도 가평)

233p 재스퍼 국립공원
(캐나다 앨버타)

235p 제주행 카페리
(전남 완도)

239p 섭지코지
(제주도 제주시)

240p 화순 해수욕장
(제주도 서귀포)

245p 우도(제주도 제주시)

246p 산방리 해변
(제주도 서귀포)

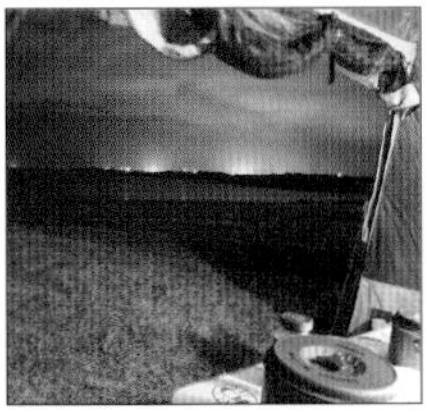

250p 우도
(제주도 제주시)

255p 우도
(제주도 제주시)

256p 우도
(제주도 제주시)

262p 산정캠프
(경기도 포천)

266p 산정캠프
(경기도 포천)

272p 임진강폭포어장
(경기도 파주)

275p 소선암 오토캠핑장
(충북 단양)

280p 유명산 자연휴양림
(경기도 가평)

283p 화양동 야영장
(충북 괴산)

288p 임진강폭포어장
(경기도 파주)

293p 나래뜰 오토캠핑장
(충남 보령)

297p 지리산(경남 산청)

305p 덕유산 오수자굴
(전북 무주)

306p 덕유대야영장
(전북 무주)

313p 씨존 오토캠핑장
(전남 여수)

318p 나래뜰 오토캠핑장
(충남 보령)

326p 적벽강 오토캠핑장
(충남 금산)

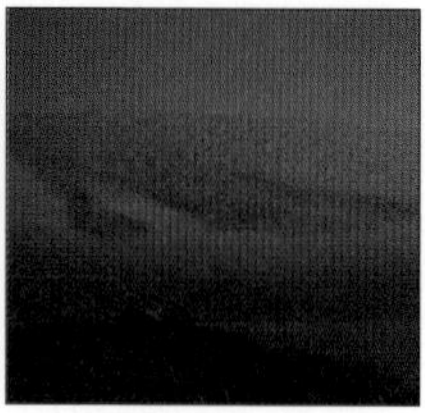

332p 금강 하구둑
(전북 군산)